MODERN FANTASTIC STORY

전설의
투자가

박선우 현대 판타지소설

전설의 투자가 5

박선우 현대 판타지 소설

초판 1쇄 찍은 날 § 2020년 11월 13일
초판 1쇄 펴낸 날 § 2020년 11월 20일

지은이 § 박선우
펴낸이 § 서경석

총괄팀장 § 노종아
편집책임 § 김예슬
디자인 § 공간42

펴낸곳 § 도서출판 청어람
등록번호 § 제387-1999-000006호
등록일자 § 1999. 5. 31
어람번호 § 제1-3097호

주소 § 경기도 부천시 부일로 483번길 40 서경B/D 3F (우) 14640
전화 § 032-656-4452 팩스 § 032-656-4453
http://www.chungeoram.com
E-mail § chungeorambook@daum.net

ⓒ 박선우, 2020

ISBN 979-11-04-92278-7 04810
ISBN 979-11-04-92230-5 (세트)

MODERN FANTASTIC STORY

전설의 5

박선우 현대 판타지소설

투자가

전설의 투자가

목차

제30장
신사업 (2)

　이병웅이 귀국하면서 오랜만에 '제우스'의 핵심 멤버들이 모였다.

　홍철욱과 문현수가 미국, 중국에서 날아왔는데, 이병웅이 회의를 소집했기 때문이었다.

　핵심 간부 회의.

　미국과 중국, 한국에서의 투자 성과가 그들의 입에서 차례대로 보고되기 시작했다.

　그들은 비록 친구였고 사적으로 더없이 친밀한 관계라도, 회사의 일이 진행되는 시간만큼은 철저하게 이병웅을 오너로 상대했다.

보고에 따르면 3개 국가에서 얻은 수익률은 총 85%에 달했다.

홍철욱이 운용한 미국의 최초 투자금은 1조였는데, 현재는 1조 5천억으로 증가했고, 중국은 5천억에서 9천억으로 늘었다.

가장 수익률이 뛰어난 것은 예상치 못했던 한국이었다.

정설아가 '제우스' 본사에서 운용한 자금은 회사 투자금으로 남겨 놓은 3천500억을 제외하고 5천억이었지만 지금은 무려 1조 3천억으로 증가한 상태였다.

단순 수익률으로 따져도 160%에 달하는 기적적인 수익률을 올린 것이다.

어쩌면 당연한 것인지도 모른다.

한국의 주식시장은 금융 위기 전 2,000P에서 850P까지 폭락했었는데, 위기가 어느 정도 정리되자 단 1년 만에 130%나 뛰었다.

미국시장과 중국이 45% 수준으로 회복한 것에 비하면 엄청난 상승이었다.

"누나가 고생했네."

"보너스나 많이 줘. 직원들 고생했어."

"당연하지. 나는 회사에 대한 건 자세히 모르니까 그건 누나가 알아서 처리해."

"고마워. 그리고 운용팀의 자금 비율을 조금 더 올렸으면
해. 병웅 씨가 만든 포트폴리오 때문에 운용팀의 운신이 너무
작아."

무슨 뜻인지 안다.

그는 미국으로 넘어가기 전 나라별로 5대 기업을 선정해서
70%를 투자하도록 지정해 놨고, 선물 옵션에 20%, 기타 주식
에 10%를 배정해 놨다.

만약을 대비한 조치였고, 지금까지 그의 판단은 정확해서
단기간에 엄청난 수익률을 올릴 수 있었다.

그럼에도 정설아가 요청한 이유는 기타 주식에서 벌어들인
수익률이 300%에 달해 주력 투자 부분보다 훨씬 좋았기 때문
이었다.

"그렇지 않아도 조정하려고 했어. 한국뿐만 아니라 미국과
중국도 운용팀의 비율을 20% 올려. 어차피 직원들을 효율적
으로 키우려면 그럴 필요성이 있다고 생각해."

"휴우, 이제 숨 좀 쉴 수 있겠네."

긴장된 눈으로 바라보던 홍철욱과 문현수가 반갑다는 듯
활짝 웃었다.

그들 역시 말을 하지는 않았지만 이병웅이 짜 놓은 틀이 너
무 타이트했기 때문에 움직이기 힘들었다.

그때부터 이병웅은 미국에서 구상해 왔던 투자 방향에 대해서 설명하기 시작했다.

투자의 다변화.

당장은 양적 완화로 인해 주식시장이 상승하겠지만, 그에 못지않은 투자처가 많았다.

그 대표적인 것이 바로 귀금속 시장인 금과 은이었다.

"투자금의 10%를 금과 은으로 돌려. 금이 3, 은이 7."

"갑자기 그게 무슨 소리야. 난 도대체 이해가 되지 않네. 갑자기 왜 금과 은을 사라는 거야?"

문현수가 물었지만 그건 다른 사람의 표정도 마찬가지였다.

금과 은에 투자하란 지시가 이해되지 않았기 때문이었다.

현재 금과 은은 강력한 디플레이션을 얻어맞은 후 빌빌대는 상황이었는데, 주가가 연신 불을 뿜었음에도 아직까지 아무런 변동을 보이지 않고 있었다.

"혹시 화폐와 돈의 차이가 뭔지 아는 사람?"

"뭔 소리야. 화폐가 돈이지 무슨 차이가 있어?"

홍철욱의 답변에 이병웅이 피식 웃었다.

그런 후 주머니에서 만 원짜리를 한 장 꺼내 들어 친구들을 향해 흔들었다.

"이게 화폐다. 우리가 현재 쓰고 있는 신용화폐. 하지만 이건 돈이 아니야."

"그게 왜 돈이 아니야?"

"이 만 원짜리는 계속 가치가 변하기 때문이지. 10년 전 300원 하던 소주가 지금 3,000원을 하고 있어. 그렇다면 소주 값이 오른 걸까, 화폐의 가치가 떨어진 걸까?"

이병웅의 질문에 친구들과 정설아의 안색이 단박에 변했다. 그의 말이 무슨 뜻인지 금방 알아들었기 때문이었다.

"진정한 돈은 오직 금과 은밖에 없다. 금과 은은 지금 빌빌 거리고 있지만 1930년대에 비한다면 800%가 상승한 상태야. 무슨 뜻인지 알겠지. 화폐가 가치를 상실하는 동안 금과 은은 그 가치를 지킨 거다."

"병웅아, 아무리 그래도 투자라는 건 시장이 그 가치를 인정해 줘야 상승하는 거야. 지금 금과 은에 대한 시장은 반응은 차갑게 가라앉아 있어. 차라리 그 돈으로 주식을 사는 게 맞아."

"일리가 있어. 하지만 단기간에 상승한 주식시장은 그 속도를 조정하게 될 거야. 반면에 아직 움직이지 않은 금과 은은 그동안 꼼짝도 하지 않았어. 투자의 정석이 뭔 줄 알아? 바로 남과 다르게 움직이는 거야."

"그러다가 떨어지면?"

"절대 떨어지지 않는다. 지금 미국의 연준은 2조 달러를 풀었어. 본원 통화 2조 달러. 시중 통화로 변하면 그 돈은 40조 달러로 변하게 돼. 그런데 말이지. 미국만 그런 게 아니라 경제위기를 벗어나기 위해 전 세계가 미친 듯 돈을 찍었어."

"음… 화폐의 가치가 그만큼 떨어졌다는 뜻이군."

"빙고, 그래서 꼼짝하지 않았던 금과 은에 투자하려는 거야. 내 예상이 맞다면 금과 은은 조만간 꿈틀거리기 시작할거다."

처음에는 반대했던 친구와 정설아가 이병웅의 설명을 듣고 난 후 고개를 끄덕였다.

정설아는 물론이고 홍철욱과 문현수도 비상한 머리를 가지고 있으니 금방 이병웅의 판단이 무섭도록 예리하다는 걸 느꼈다.

아무리 생각해도 대단하다.

여기 이 자리에 앉아 있는 사람들 중 금과 은에 투자해야 된다는 생각을 가진 사람은 아무도 없었다.

똑똑하지 않아서, 아니면 시장 분석 능력이 부족해서?

그게 아니다.

이병웅은 남들에게 없는 투자에 대한 감각과 결단력이 있는 것이다.

더군다나, 그의 결단력에는 아무도 부인할 수 없는 분석이 있었으니 반박할 여지도 없다.

그랬기에 그들은 머리를 맞대고 금은에 대한 투자금, 10%

를 확보하기 위한 포트폴리오를 재조정하느라 한동안 씨름을 했다.

이병웅의 입이 다시 열린 건 모든 투자금의 배치가 어느 정도 마무리되었을 때였다.

"자, 그럼 그건 이쯤에서 마무리하고 신사업 부문 쪽으로 넘어가자. 누나, 어떻게 진행되고 있는지 말해 줘."

이병웅의 시선에 맞춰 홍철욱과 문현수가 잔뜩 쌓아 놨던 서류를 정리하며 정설아에게로 시선을 던졌다.

신사업 부분은 정설아가 총괄하고 있었는데, 지금 한국에 존재하는 '제우스'의 자회사는 모두 5개로 나뉘어져 있었다.

2년 전부터 추진하고 있는 다이어트 신발, 건강 담배, 그리고 세차가 필요 없는 코팅액을 개발하는 3개 회사와 4차 산업 관련 기술을 연구하는 '갤럭시'가 있다.

이들 전부를 관리하는 '이지스'까지 합해 모두 5개인데 이중 가장 규모가 큰 것은 '갤럭시'였다.

'갤럭시'는 창립한 지 1년에 불과했지만, 연구 인력 비용만으로 한해에 300억이 사용되었고 각종 장비와 실험에 들어가는 돈까지 합한다면 금년 한해만 600억이 투자되었다.

그야말로 돈 먹는 하마가 따로 없다.

정설아는 이병웅의 지시를 받고 관련 분야의 최고 전문가들을 막대한 연봉을 주면서 무차별적으로 스카우트했는데 대

기업은 물론이고 카이스트, 심지어 대학교수들까지 전부 망라되어 있었다.

"먼저 갤럭시부터 말할게. 갤럭시의 총 인원은 120명으로 늘어났어. 지금 미국으로부터 넘어온 자료를 바탕으로 연구를 진행 중인데, 아직 아무런 성과가 없는 상태야."

"너무 조급해하지 마. 이제 시작이니까."

"그래도 희망적인 건 점점 속도가 빨라진다는 거야. 총괄 연구를 담당하는 김윤석 박사의 말에 따르면 미국 쪽을 금방 따라잡을 수 있을 거라고 해. 걔들은 한 분야에 국한되어 연구하지만 이쪽은 6개 분야를 전부 취합해서 움직이기 때문에 상승 효과가 훨씬 크다고 하셨어."

"4차산업 쪽은 분야가 달라도 결국 연동되어 있으니까 당연한 현상이겠지."

"문제는 너무 많은 자금이 들어간다는 거야. 우리가 금융 투자에서 수익을 보지 않았다면 몇 년 버티지 못했을 거야. 갤럭시 혼자 먹어 치우는 돈이 나머지 회사 전부 합한 것보다 3배가 많아. 김 박사님 말에 따르면 내년엔 개발 비용이 훨씬 더 들어갈 거래."

"할 수 없지. 열심히 벌어서 메꾸는 수밖에. 다른 회사들은 어때. 저번에 들으니까 시제품을 개발하기 시작했다던데 성과는 있어?"

"제일 빠른 건 다이어트 신발이야. 내년 상반기 시제품이 출시되고 임상실험이 끝나면 완제품을 생산할 계획이야. 문제는 완제품 생산을 위한 공장라인을 구축해야 된다는 건데… 병웅 씨 생각은 어때?"

"새로 만드는 것보다 완성된 공장을 인수하는 게 좋겠지. 비용도 싸게 들 테고."

"나도 그렇게 생각하지만 공장을 인수해도 생산 라인을 조정해야 돼. 그럴 바엔 아예 새로 라인을 구축하는 게 좋을지 몰라."

"그건 누나가 분석해서 결정해 줘. '제우스'의 총괄 사장님께서 그 정도 파워는 휘두르셔야지."

"쳇, 말은 똑바로 해. 그런 건 파워가 아니라 고생이라 부르는 거라고. 자긴 신경 쓰지 싫으니까 나한테 시키는 거잖아."

"나중에 밥 살게. 다른 회사는?"

"건강 담배는 가장 신경이 쓰이는 분야라 계속 연구 제품을 만드는 중이야. 그거 정말 쉽지 않나 봐. 기존 담배를 대체하려면 장점은 이어받고 나쁜 점은 전부 뜯어고쳐야 되잖아. 거기다 건강에 좋게 만들고 좋은 향기까지 나오게 만들려니까 연구진이 머리를 쥐어뜯고 있어. 그래도 상당 부분 진척되어 최근에 나온 제품은 꽤 괜찮다고 해. 그래도 아직 시간은 많이 걸릴 거야. 사람의 건강과 직결된 것이라 조금만 잘못 되어도 치명타를 입게 되거든."

"시간이 걸려도 상관없어. 그러니 어느 누구도 시비 걸지 못하도록 철저하게 준비해야 돼."

"연구진들도 그런 내용을 잘 알고 있으니까 걱정하지 마."

"코팅액은?"

"그것도 상당한 진척이 있어. 그래도 아직 기존 제품에 비하면 엄청 발전했지만, 액체 상태에서 말라붙은 불순물 처리가 완벽하지 않대. 그것만 해결되면 코팅액도 그리 오래 걸리진 않을 거야."

그리 오래 걸리지 않는다.

상당히 희망적인 단어였지만, 그렇다고 해서 금방 된다는 뜻도 아니다.

어쩌면 2년, 아니 5년, 그 이상이 될 수도 있었다.

지금 신사업으로 추진하는 것들 중 사람의 건강과 관련 있는 것들이 두 가지고 그것들은 완벽하지 않으면 무조건 실패를 하게 된다.

사람의 건강과 관련 있는 건 정부의 규제가 강력할 뿐만 아니라, 그 효과에 대한 사람들의 관심이 뜨겁기 때문에 자칫 돈만 쓴 채 모래성처럼 무너질 가능성이 컸다.

그럼에도 하려는 건 일단 완벽하게 개발만 된다면 엄청난 판매가 보장되기 때문이다.

"다시 말하지만 완벽하지 않은 상태에서 덥석 출시될 경우 우리는 엄청난 피해를 입게 될 거야. 누나, 그거 명심해."

"이지스의 윤명호 사장도 같은 생각을 하고 있으니 지켜봐 줘. 그 분은 정부 쪽에서 오래 근무했기 때문에 각종 정부 정책이나 규제에 정통해. 저번에 프로젝트 향후 추진 계획서를 가져왔는데 홍보 및 광고 계획부터 판매루트, 해외시장개발까지 총망라되어 있었어. 나중에 보고 병웅 씨 생각을 추가해 줘."

"알았어. 휴우… 너무 회의를 오래 했다. 오늘은 이쯤하고 우리 오랜만에 같이 밥이나 먹자."

이병웅이 서류를 덮으며 시간을 힐끗 봤다.

회의를 시작한 게 오후 2시였으니 벌써 5시간이나 훌쩍 지난 상태였다.

*　　　*　　　*

저녁 식사 시간은 즐거웠다.

업무에서 벗어난 일행은 이야기를 나누며 연신 웃고 떠들 었는데, 대부분 이병웅의 미국 생활 이야기였다.

말로만 듣던 와튼스쿨에서 벌어진 일.

계속 통화를 하면서 들었던 이야기였지만, 막상 이병웅의 입을 통해 상세하게 듣게 되자 마치 한편의 드라마처럼 흥미진진했다.

이병웅이 와튼스쿨에서 사귄 인맥들은 단순히 와튼스쿨의 천재들만 있는 것이 아니라 미국의 내로라하는 임원들과 CEO들도 포함되어 있었다.

GE의 부사장 잭슨 코너, 아마존의 수석임원 미키 로한, MS의 경영사장 브레이든 등 십여 명에 달했다.

그들은 와튼스쿨에 수업을 왔다가 이병웅의 요청에 의해 대화를 나누었는데 같이 식사를 하거나 술을 마셨다.

그들이 지닌 지위는 언론에 수시로 노출될 만큼 대단했으나 바쁜 일정을 조정하면서까지 이병웅과의 식사에 동참했다.

이병웅이 지니고 있는 파워가 그것을 가능하게 만들었다.

타임지가 뽑은 파워 랭킹에서 18위까지 올라선 이병웅의 식사 제의는 그들에게 엄청난 유혹이었을 것이다.

타임지의 파워 랭킹은 정, 재계는 물론이고 모든 분야에서 사회적 영향력을 기준으로 선정했는데 이병웅의 랭킹은 웬만한 국가의 대통령보다 훨씬 높았다.

이병웅은 한번 맺은 인연을 그냥 날리지 않았다.

가끔 전화를 해서 안부를 물었고 그들에게 콘서트 티켓을 선물하는 등 자신과 그들의 관계가 특별한 것이란 걸 계속 어필했다.

그랬기에 그들의 머릿속에 이병웅이란 존재가 뚜렷이 각인
되어 있을 것이다.

"병웅 씨, 그 사람들하고 사귄 이유는 뭐야?"

"우리가 추진 중인 신사업들은 나중에 그들의 도움을 받아
야 돼. 일종의 밑밥을 뿌려 놓은 거지."

"우리 아이템들과 그 사람들이 무슨 상관이야. 신발이나 담
배, 코팅액은 개발만 되면 큰소리치면서 팔아 먹을 수 있잖아."

"하하… 그거 말고 4차 산업. 갤럭시에서 추진하고 있는 기
술들은 자동차나 P2P, 전자, 컴퓨터 등 전 분야에 적용되어야
해. 그러기 위해서는 우호 세력이 필요해."

"휴우, 학교에 가서 공부하랬더니 사업을 하고 있었네. 노래
하랴, 제우스 투자 프로그램 조정하랴, 신사업 쪽 일에 관여
하랴. 참, 병웅 씨 바쁘게 산다."

*　　　　　*　　　　　*

현재 다이어트 신발은 미국 RX사에서 개발된 것이 있다.

상당한 효과가 있다고 알려져 있지만, 시장 점유에는 성공
하지 못했는데, 치명적인 단점이 있기 때문이었다.

RX 신발은 모래주머니를 찬 것처럼 신발의 무게를 무겁게
만들어 하체 비만을 잡고 몸을 건강하게 만든다는 콘셉트가

었다.

사람들은 그런 RX 신발의 개발에 열광했지만 곧 머릿속에서 지워 버렸다.

다이어트의 목적은 하체에만 있는 게 아니고 너무 무거워 일상에서 신기 어렵다는 단점이 RX 신발의 실패 원인이었다.

자회사 '포세이돈'이 개발한 신발은 이병웅의 추측대로 한의학으로부터 태동되었다.

인간의 신체 구조는 전부 발바닥의 혈도와 연관되어 있다는 것에서 출발했는데, 신발의 하부에 특수 돌기를 설치해서 족소음신경(足少陰腎經)을 자극하는 원리였다.

족소음신경(足少陰腎經)을 지속적으로 자극하면 신체전반의 활동량을 증가시켜 걷기만 해도 자연스럽게 다이어트가 된다고 한다.

'포세이돈'의 연구실에서 개발 책임자인 윤철욱 박사에게 자세한 설명을 들었지만, 솔직히 이해할 수 없었다.

그랬기에 이병웅은 설명을 끝났음에도 자신이 궁금한 사실들만 물었다.

"박사님, 임상 실험은 언제 시작하나요?"

"다음 달부터 시작입니다. 총 100명의 비만인들을 이미 섭외했고, 6개월에 걸쳐 실험을 진행할 예정입니다."

"성공할까요?"

"우리 포세이돈은 2년에 걸쳐 벌써 세 가지의 시제품을 만들어 임상 실험을 했으며, 그때마다 소기의 성과를 이루었습니다. 이번 마지막 시제품은 그동안의 단점들을 전부 보완한 것이기 때문에 성공할 것이라 확신하고 있습니다."

"그동안 많은 다이어트 신발들이 나타났다 사라졌습니다. 어떤 것은 신발이 너무 무거워서, 어떤 것은 효과가 전혀 없어서 그랬죠. 박사님이 생각하시기에 이 신발의 단점은 뭐라 생각하십니까?"

"글쎄요, 저는 개발자로서 다이어트 효과에만 집중하고 있을 뿐입니다."

윤철욱 박사가 이병웅이 들어 올린 시제품을 한참 보다가 말을 아꼈다.

한편으로는 이해가 된다.

그는 상품을 만드는 사람이지, 판매하는 사람이 아니었으니 그 이상을 보기 어려웠을 것이다.

그랬기에 이병웅은 정설아를 향해 눈을 돌렸다.

"누나, 이 신발에는 많은 것들이 빠져 있어."

"뭐가?"

"신고 싶다는 인간의 욕망."

"무슨 소리야?"

"신발의 종류와 디자인을 말하는 거야. 사람들은 다이어트를 하고 싶지만 무조건 운동화만 신고 다닐수 없어. 그래서 종류를 다변화하고 디자인도 최고로 만들어야 해."

"난 또 무슨 소린가 했네……. 걱정하지 마. 지금 '포세이돈' 상품개발팀에서 세 가지 종류의 신발에 대해 디자인을 만들고 있는 중이야. 임상 실험만 끝나면 즉각 만들 수 있도록 준비 하고 있어."

"정말?"

"그 정도야 기본이지. 사업을 한다면서 그 정도도 신경 안 썼을까 봐?"

정설아가 빤히 쳐다보자 이병웅의 얼굴에서 쓴웃음이 떠올랐다.

또 실수를 했다.

세상을 살아가면서 자신만 똑똑하다는 자만감이 언제나 이런 실수를 만들어 낸다.

톱니바퀴처럼 돌아가는 세상.

그 세상은 수많은 아이디어와 고민들 속에서 결과물들이 만들어지고 얼마나 노력했는가에 따라 승패가 결정된다는 걸 잠시 잊었다.

'포세이돈'에서 연구하는 20명의 직원들과 그들을 지원하는 '이지스' 50명의 직원들, 그리고 그 위에서 또 체크하는 '제우스' 본사의 직원들은 다이어트 신발을 개발하기 위해 2년 동안 수많은 노력을 했을 것이다.

이병웅은 포세이돈의 연구실을 나오면서 만족스러운 웃음을 지었다.

이미 여러 번의 임상 실험이 이루어졌고 내년 6월 완성품이 나온다면 2012년부터는 판매가 가능할 것 같았다.

"누나, 공장 인수가 더 낫다는 결론이 나왔다며?"

"응. 지금 명맥만 유지하고 있는 회사들이 꽤 많아. 금융 위기로 절단 난 회사들."

"그럼 시작해. 어차피 결론이 났다면 굳이 미룰 이유가 없잖아. 우리가 디자인하고 있는 신발에 맞춰 생산 라인도 교체해야 되니까 서둘러야지?"

"그건 이지스의 윤 사장님이 알아보고 있는 중이야. 곧 보고가 올라올 테니까 그때 이야기 해 줄게."

"하하… 역시 누나는 완벽해. 여기에 와 본 건 내 아이디어가 진짜 성공한다는 게 신기했기 때문이야. 그러니까 진행 과정에 대해서는 상세하게 이야기할 필요 없어. 조직은 그 조직 나름대로의 권한과 책임감으로 굴러가야 되니까."

"혈, 웃겨."

"왜?"

"나만 바쁘게 만들고 자기는 신경 안 쓰겠다는 뜻이지?"

"그럴 리가. 누나도 이제 천천히 자회사들 일에서 손을 떼.

알잖아, 재무 재표와 기술 유출 부문만 체크하면 된다는 거."

이병웅이 싱긋 웃자 정설아가 마주 보며 활짝 웃었다.

당연한 이야기다.

책임과 권한을 주겠다는 건 맡은 바 소임을 다하라는 뜻이다.

그래야 조직원들이 스스로의 능력을 최대한 발휘하며 회사를 발전시킬 수 있다.

다만, 한 가지.

본사에서 재무 재표를 쥐고 있는 한, 자회사들은 어떤 짓도 함부로 할 수 없다.

이병웅은 그것을 말한 것이고 정설아가 웃은 것도 그 내용을 너무나 잘 알기 때문이었다.

"가자, 누나. 내가 밥 사 줄게."

"밥만 사 줄 거야?"

＊　　　　＊　　　　＊

'아폴론'에서 시제품으로 만든 건강 담배는 피울 때마다 커피향의 연기가 흘러나왔는데, 일반 담배처럼 연초를 종이로 감싼 게 아니라 커피 원료를 이용한 특수 필름을 사용했기 때문이라고 했다.

특수 필름을 5가지 향기를 뿜어낼 수 있도록 설계되었는데 커피 향기는 그중 하나였다.

건강 담배에 포함되는 영양 요소는 전부 7가지.

비타민부터 혈액순환에 도움되는 안토시아닌, 튼튼한 뼈를 만들어 준다는 알로에베라겔 등이었다.

문제는 불이 붙으면서 그런 영양소들이 어떻게 흡수되느냐는 것과 인체에 전혀 해로움이 없도록 만드는 것이었다.

지금은 내용물이 불에 타면서 몇 가지 영양소가 산화되는 문제점을 해결하기 위해 연구 중이었는데, 총괄 연구를 진행하는 김수용 박사는 조만간 그런 문제점을 해결할 수 있을 것이라 자신하고 있었다.

세차가 필요 없는 코팅 개발은 눈으로 직접 확인할 수 있었기 때문에 더욱 놀라웠다.

먼지가 잔뜩 묻어 있던 차량이 선풍기를 이용해서 바람에 노출되자 서서히 먼지가 떨어져 나가며 완전히 새 차로 변했던 것이다.

가능하다고 생각한 채 추진한 것이었지만 직접 그 효과를 눈으로 확인하자 성공할 수 있다는 확신이 불끈 들었다.

정호영 박사의 말처럼 비가 온 후 달라붙은 이물질마저 처리할 수만 있다면 그야말로 산업계를 발칵 뒤집어 놓을 발명품이 분명했다.

그동안 이병웅의 지시를 받은 정설아는 3가지 제품개발에 필요한 자금을 아낌없이 지원해 주었다.

2년 동안 개발 비용으로 들어간 돈만 해도 200억이 넘었고, 연구원들이 필요하다는 건 전부 마련해 주는 등 전폭적인 지원을 아끼지 않았다.

그 결과물이 서서히 나타나고 있었다.

앞으로 얼마나 많은 개발 비용이 투자될지 알 수 없고, 상품 생산 라인 구축에도 상당한 금액이 필요하겠지만 성공만 한다면 그런 건 아무것도 아니다.

3가지 중 하나만 성공해도 세계가 발칵 뒤집혀지기 때문이다.

                    *   *   *

이병웅은 방학 기간 동안 한국에 날아온 후 수많은 방송 출연 제의를 전부 거절했다.

아무리 많은 돈을 제시해도 출연하지 않았다.

'창공'의 김윤호가 은근한 목소리로 서울 콘서트를 개최하는 게 어떠냐며 유혹을 해 왔으나 그마저 고개를 흔들었다.

대신 가장 효율적으로 대중들 앞에 자신의 모습을 보여 줄 수 있는 광고를 찍었다.

광고는 기업의 이미지를 상승시키지만, 자신에게도 더없이 좋은 홍보 수단이기 때문이었다.

이병웅이 마지막 광고를 찍은 건 출국을 15일 앞두었을 때였다.

마지막 광고는 이전에 찍었던 정문자동차의 후속 모델이었는데 출연료는 20억이었다.

정해진 가격이다.

이병웅은 김윤호와 상의해서 광고 출연료를 20억으로 책정했는데, 미국으로 넘어가기 전보다 훨씬 뛴 금액이었다.

그럼에도 기업들은 그를 잡기 위해 안간힘을 썼다.

*   *   *

황수인은 밴에 몸을 실은 채 눈을 감았다.

광고를 찍기 위해 양평으로 향하는 그녀의 얼굴은 굳어져 있었는데, 뭔가를 골똘히 생각하는 듯 창밖을 향해 시선을 던지고 있었다.

여전히 아름답다.

그녀는 나이가 들수록 점점 더 아름다워졌는데, 이제는 고귀함까지 몸에 배어 은은한 기품까지 풍겼다.

"뭘 그렇게 생각해?"

"아냐, 창밖의 풍경이 너무 좋아서."

"거짓말하지 마. 그 자식 본다니까 떨려서 그러는 거지?"

"아니야……."

정미경이 정곡을 찔러 오자 창가를 향하고 있던 황수인의 시선이 돌아왔다.

그녀의 표정은 어느새 변해 있었는데, 정말 궁금해서 미치겠다는 얼굴이었다.

"난 도대체 모르겠어. 왜 자꾸 그 사람과 엮이는 걸까?"

"엮이긴 뭘 엮여. 자연스럽게 일 때문에 만나는 거잖아. 그냥 쉽게 생각해. 그리고 그놈은 너한테 아무런 감정도 없어. 1년이 넘도록 전혀 연락조차 없었는데 뭘 기대 하니."

"그런가?"

너무 아프다.

사실이긴 했지만 정미경이 아픈 곳을 건드리자 자연스럽게 한숨이 나왔다.

이번 광고 출연료는 그동안 받아 온 것보다 훨씬 조건이 좋았다. 소속사에서는 무조건 출연해야 된다며 그녀를 압박해 왔는데, 바로 이번 자동차 광고에 이병웅이 출연하기 때문이었다.

광고주가 강력히 주장한 면도 있었지만, 소속사에서는 이번 광고 출연으로 그녀가 절정을 구가하고 있는 이병웅과 동급

레벨이란 걸 사람들한테 어필하고 싶어 했다.

말도 안 되는 수작이지만 한편으로 이해가 된다.

최근 1년 동안 영화를 찍지 않았기 때문에 잠시 사람들의 관심에서 멀어졌으니, 소속사에서는 이번 기회를 빌미로 그녀의 인지도를 끌어올리고 싶었을 것이다.

그럼에도 선뜻 내키지 않았던 건 상대가 이병웅이었기 때문이었다.

어느날 갑자기 그녀의 인생에 끼어든 남자.

지금까지 살아오며 어떤 남자에게도 그런 호감을 보여 준 적이 없었다.

웃음 한 번, 몸짓 하나, 짧은 대화만으로도 남자들은 혼자만의 상상을 하며 그녀와 조금이라도 가까워지려 노력했으나 이병웅만큼은 다른 남자들과 달랐다.

그랬기에 더 관심이 갔고, 그랬기에 더 그에 대한 모든 것을 알고 싶었으며, 그랬기에 그에게서 연락이 오기를 기다렸다.

1년이 넘도록 아무런 연락이 없는 걸 보며 이번에는 정말 마음을 접었다.

미국 전역을 휩쓸며 월드 스타로서 절정의 인기를 구가하는 그의 행보에 축하의 박수를 쳤지만 더 이상 관심을 갖지 않으려 노력했다.

그런데 또 이런 일이 생겼다.

과연 그 사람은 자신에게 어떤 사람일까.

왜, 다가서려 할 땐 멀어지고, 밀어내려고 노력하면 다시 나타나는 걸까?

촬영장에 도착해서 옷을 갈아입고 화장을 고친 후 차 밖으로 나가자 멀리서 그의 모습이 보였다.

쿵.

가슴이 뭔가에 얻어맞은 것처럼 충격이 오더니 점점 떨리기 시작했다.

여전히 멋있고, 여전히 매력적인 눈으로 자신을 바라본다.

먼저 감독에게 인사한 후 그를 향해 눈을 돌리자 꿈속에서 늘 나타나던 그의 부드러운 시선이 다가왔다.

"안녕하세요. 오랜만이네요."

아…….

변한 것이 없다. 데이트할 때도, 비행기에서 나란히 앉아 이야기했을 때처럼 그의 목소리는 솜사탕처럼 감미로웠다.

"병웅 씨, 소식 듣고 있었어요. 잘 계셨죠?"

"그럼요. 이번 광고에 수인 씨가 출연한다고 해서 기대가 컸어요. 수인 씨를 보고 싶었거든요."

"호호… 여전하세요. 여자들이 딱 듣기 좋아할 만한 이야기. 병웅 씨는 그래서 여자들한테 인기가 많은 것 같아요."

웃었다.

웃지 않으면 그를 향해 화를 낼 것 같아서.

"정말인데……."

"자, 자, 모여 주세요. 오늘 촬영 스케줄 회의를 할 테니까 잘 듣고 최대한 시간을 줄여 봅시다. 콘티 가져와!"

이병웅이 뭐라 말하려는 순간 광고 감독이 다가오면서 소리를 질러 사람들을 불러 모았다.

그의 입에서 나올 말이 궁금했지만 더 이상 대화할 수 있는 분위기가 아니었기에 황수인은 주먹을 꼭 쥐고 고개를 돌렸다.

광고를 촬영하는 며칠 동안 그와 단둘이 대화를 나눌 기회가 없었다.

수없이 몰려든 기자들의 등쌀.

그들은 전부 이병웅을 취재하기 위해 몰려들었는데, 촬영이 끝나고 쉴 때면 이병웅을 찍기 위해 몸살을 앓았다.

광고 촬영 마지막 날.

광고의 마지막 장면은 남녀 주인공이 차를 몰고 강변에 도착해서 손을 잡은 채 흘러가는 강물을 보는 것이었다.

하지만 모든 사람들이 기대하는 것은 바로 클로징 엔딩 장면이었다.

붉게 물든 석양을 배경으로 강물을 바라보던 두 연인이 키스를 하는 장면으로 광고는 끝이 난다.

이 장면을 찍기 위해 광고 회사는 마지막 날 촬영 장소를 비공개로 진행했고, 기자들이 따라붙지 못하도록 스태프들의 입을 철저하게 봉인시켰다.

황수인은 촬영을 하면서 가슴이 떨리는 걸 막을 수 없었다.

영화배우를 하는 동안 키스 신을 여러 번 찍었으나, 이런 감정은 처음이었다.

손을 잡은 채 강물을 바라보는 장면은 근접 촬영이라 스태프들이 주변에서 왔다 갔다 했지만, 엔딩 컷을 찍을 땐 원거리에서 희미한 실루엣을 촬영하는 것이라 모든 스태프가 물러났다.

당연히 키스하는 흉내만 내면 된다. 실루엣 촬영이라 멀리서 보면 진짜처럼 보일 것이고 광고 감독도 그 정도 선에서 더 이상 요구하지 않았다.

"전부 갔네요."

"예?"

"그동안 항상 옆에 사람들이 있어서 수인 씨와 이야기할 틈이 없었는데, 이제 겨우 단둘만 남았잖아요."

"저한테 할 말이 있었어요?"

"당연히 있었죠. 처음 만났을 때 하지 못했던 말을 마저 하고 싶었거든요……. 보고 싶었다는 거 진짜였어요."

"…거짓말하지 마세요."

"뭐 하러 거짓말하겠어요. 지난 1년 동안 정말 보고 싶었어요."

그의 말이 끝나는 것과 동시에 감독의 스탠바이 소리가 우렁차게 들려왔다.

카메라는 거의 20m 밖에서 3대가 세팅되어 있었는데, 감독이 소리쳤고 스태프들이 긴장된 표정으로 그들을 바라보는 게 보였다.

서로를 향해 마주 봤다.

그의 얼굴에 담겨 있는 미소.

보일 듯 말듯 흘러나온 미소를 보는 순간 오금이 다 떨려 다리에 살며시 힘이 풀렸다.

"큐!"

천천히 다가오는 그의 입술.

이건 일이야, 아무것도 생각하지 마. 그저 그림처럼 조용히 서서 그가 하는 대로 서 있기만 하면 되는 돼.

실루엣 촬영이니까 눈을 감지 않아도 보이지 않을 거야.

그렇게 생각하며 버티려 했다.

사랑하는 사람과의 키스가 아니었으니 눈을 감으면 안 된다는 생각에 기를 쓰며 버티려 했다.

하지만 그의 입술이 점점 다가오면서 자신도 모르게 눈이 감겼다.

입술에서 뜨거움이 느껴지는 순간 전신이 벌벌 떨리기 시작했다.

아무것도 생각나지 않았고, 모든 시간이 정지된 것처럼 머릿속이 하얗게 비었다.

"컷!"

오래 걸리지 않았다.

3번의 입맞춤.

감독은 2번의 NG를 끝낸 후 3번째 촬영에서 만족스러운 웃음을 지으며 촬영이 끝났음을 알렸다.

"수인 씨, 고생했어요."

"병웅 씨도요."

그의 인사에 황수인은 가볍게 인사를 한 후 고개를 들었다.

이 사람.

아무렇지 않아 보인다.

자신은 3번의 입맞춤을 하면서 서 있기도 힘들 정도의 긴장감을 느꼈는데 그는 부드러운 웃음을 지은 채 돌아서고 있었다.

*   *   *

먼저 돌아선 남자.

그런 남자에게 여자로서 무엇을 할 수 있단 말인가.

그랬기에 황수인은 마치 아무 일도 없었다는 듯 스태프들과 감독을 향해 수고했다는 인사를 한 후 벤에 올라탔다.

"수인아, 표정이 왜 그래?"

"응, 아니야."

"혹시. 너 설마… 진짜 한 건 아니지?"

정미경이 의심과 기대가 가득 찬 표정으로 물었다.

황수인과 함께 있을 때는 언제나 이놈 저놈 하면서 이병웅의 험담을 했지만, 그건 말일 뿐. 그녀 역시 이병웅의 노래를 무척이나 좋아했다.

이번 마지막 장면에 주인공들의 키스 신이 있다는 걸 안 후 얼마나 놀랐는지 모른다.

실루엣으로 처리했기에 망정이지, 그렇지 않고 직접적인 키스 장면이 담겼다면 황수인은 모든 여자들의 공적이 되어 한동안 질투를 받았을 것이다.

그럼에도 옆에 있는 그녀가 다 떨렸다.

월드 스타 이병웅.

전 세계 수많은 여자들의 사랑을 한 몸에 받고 있는 남자.

감독이 실제 하지 않아도 되니 시늉만 하라는 말을 했음에도 석양이 지는 강변에서 두 사람이 서 있자 가슴이 저절로 콩닥거렸다.

그녀뿐만 아니다.

이병웅의 입술이 천천히 그녀에게 다가갈 때 촬영 스태프 모두가 침을 꼴깍 삼키며 그 장면을 지켜봤다.

"왜, 하면 안 돼?"

"진짜 했어!"

"응."

"우와, 그놈이 진짜 하는데 넌 가만있었단 말이야?"

"그럼 어떡해. 안 된다고 막 거부하고 그랬어야 해?"

"얘가 미쳤나 봐. 실루엣인데 하는 척만 했어야지!"

"좋았어."

놀려 주고 싶어 한 말이 아니다.

이병웅의 입술이 다가온 순간 그녀는 정말 세상을 다 가진 것처럼 행복하고 설레었다.

"그럼 3번 다 진짜 했단 말이니?"

"그렇다니까."

"우와, 미치겠네. 아우 소름끼쳐."

정미경이 정말인 것처럼 자신의 양 어깨를 감산 채 비벼 댔다.

그녀는 눈을 지그시 감으며 이병웅이 키스하는 장면을 상상하다가 뭔가 생각난 듯 불쑥 입을 열었다.

"수인아, 걔 뭐라고 안 하디?"

"했어. 날 보고 싶었다면서 진짜라고 우기더라."

"그 바람둥이 같은 놈. 그런 놈이 1년 넘도록 전화 한 통 안 했단 말이야? 맞아, 진짜 뽀뽀하려고 그랬을 수도 있겠다. 네가 거부하지 못하게. 아무리 생각해도 괘씸하네. 관심도 없으면서 왜 콘서트 티켓은 준 거냐고 물어보지 그랬어?"

"나도 물어보고 싶었지만 그럴 틈이 없었어. 그 사람 주변에 늘 사람들이 많아서."

"휴우, 정말 이해가 안 돼. 가끔 가다 나타나서 사람 흔들어 놓기만 하고. 걔 정말 바람둥이 아닐까. 이 여자, 저 여자 전부 찝쩍대는?"

"언니도 잘 알면서 그래."

"하긴, 그래서 더 이상한 놈이란 거야. 그 나이 먹도록 뭐하는 거냐고. 고자야 뭐야?"

정미경이 소리를 빽 질렀다.

바람둥이라면 이해가 되련만, 이병웅은 여자에 관해서는 너무나 깨끗해서 기자들도 이젠 포기할 지경이었다.

유일하게 스캔들이 터진 게 황수인이다.

어이없게도 기자들은 '한밤의 데이트'에서 두 사람이 함께했고 콘서트에 초대했다는 것만으로 두 사람이 사귀는 거 아니냐는 소설을 썼다.

물론 금방 아니라는 게 드러났지만, 그 정도로 이병웅의 여자관계는 백지처럼 깨끗했다.

황수인은 씩씩대는 정미경을 모른 체하며 창밖으로 시선을 던졌다.

이미 밤은 어두워 오직 보이는 건 강변가를 밝히고 있는 가로등뿐이었다.

그때, 핸드폰이 울리며 메시지가 왔다는 신호가 떴다.

창밖을 보며 그를 생각하는 중이었기 때문에 눈을 돌리고 싶지 않았지만 어쩔 수 없이 손에 든 전화기를 확인했다.

ㅡ수인 씨, 서울 쪽으로 가다 보면 왼쪽에 '까망'이란 작은 카페가 있어요. 거기서 잠깐 봐요.

*　　　　*　　　　*

카페 '까망'은 양평에서 서울로 돌아오는 국도변에 위치하고 있었다.

정미경은 도끼눈을 부릅떴지만 안 된다는 말을 하지 못했다. 누구보다 황수인의 마음을 잘 안다. 그랬기에 그녀는 망부석처럼 차에 앉아 황수인이 카페로 들어가는 것을 지켜만 봤다.

'끼릭.'

문을 열고 조심스럽게 들어서자 카페 주인으로 보이는 40대 남자가 차분한 표정으로 좌측 끝을 가리켰다.

손님들이 앉는 자석은 전부 칸막이로 가려져 있었는데, 그가 가리킨 곳은 제일 끝 쪽이었다.

'또각, 또각.'

손님이 없으니 걱정하지 않아도 되련만 황수인은 자신의 구두 소리가 너무 크단 생각을 하며 자리를 향해 조심스럽게 걸어갔다.

"어서 와요."

"예."

바보처럼 왜 불렀냐고 묻지 않았다.

"커피 마실래요?"

"예."

왜 대답이 단답형으로 나오는 걸까.

아마, 긴장했기 때문이겠지.

이병웅이 주인에게 커피를 주문하는 모습을 황수인은 말없이 지켜봤다.

물 흐르듯 자연스러운 움직임.

그는 자신처럼 긴장하지 않은 것 같았다.

"놀랐어요?"

"조금요."

"광고를 찍으면서 수인 씨와 이야기를 나누고 싶었는데 기회가 없어서 아쉬웠어요. 저는 다음 주면 미국으로 떠나요. 그래서 오늘이 아니면 만나지 못할까 봐……."

"그랬군요."

"수인 씨는 저와 대화하는 게 부담스럽나요?"

"그렇지는 않아요. 그런데 조금은 어색하긴 해요. 저와 대화를 나누고 싶어 하는 병웅 씨의 마음이 어떤 건지 전 잘 모르겠거든요. 늘, 한 가지 묻고 싶은 게 있었어요. 왜 저한테 콘서트 표를 준 거죠? 혹시, 같이 촬영했던 인연 때문에 준 건가요?"

"그 대답 꼭 해야 되나요?"

"해 주세요."

황수인의 시선이 뜨겁게 달아올랐다.

여자의 자존심.

은막의 여왕이라고 불리는 그녀로서는 하기 어려운 질문이었으나, 그녀 역시 이병웅이 떠나기 전에 이것만큼은 꼭 듣고 싶었다.

"그냥… 당신이 좋아요. 같이 있으면 편하고, 헤어지면 자꾸 보고 싶고 그래요."

"같은 연예인 동료로서 말인가요. 아니면 여자로서 말인가요?"

"당연히 여자로서의 당신을 좋아합니다."

"믿기 어려운 말이네요. 콘서트에서 만나고 1년이란 시간이 흘렀어요. 그동안 병웅 씨는 한 번도 연락하지 않았고요. 그런 사람의 말을 어떻게 믿죠. 다른 여자들처럼 저도 그런 달콤한 말에 넘어갈 거라 생각한 건가요?"

"압니다. 당연히 믿지 않을 거라 생각했어요. 하지만 거기엔 이유가 있었어요."

"이유?"

황수인이 기대에 찬 눈으로 이병웅을 바라봤다.

이유가 있다는 말.

갑작스럽게 뛰는 가슴.

어쩌면 그의 말이 사실일지 모른다는 기대감에 가슴이 두 방망이 치며 두근거렸다.

"그래요, 이유가 있어요."

"어떤 이유지 물어봐도 돼요?"

"당신을 아프게 할까 봐. 전 당신과 오랜 시간을 함께할 수 없는 사람이에요. 앞으로도 난 자유로운 영혼이 되어 세계를 돌아다니며 노래를 할 테니 당신과 함께할 수 없을 거예요. 그래서 선뜻 다가갈 수 없었습니다."

"하아… 그럼 왜 가는 사람을 붙잡았죠?"

"그냥, 당신과 차를 마시고 싶었어요. 이렇게 그냥 당신을 보내기가 너무 아쉬워서……."

얼마나 더 그렇게 있었는지 모르겠다.

머릿속에 떠오르는 수많은 의문과 아쉬움.

같이할 수 없다는 말을 들었을 때 황수인은 아득한 절망감을 맛봤다.

어쩌면 그는, 그의 삶에 여자란 존재를 받아들이지 않으려 작정한 것처럼 느껴졌다.

도대체 이 사람은 어떤 생각을 하는 걸까.

말없이 앉아 자신을 빤히 바라보는 그의 시선 속에는 알 수 없는 허무함과 고독감이 들어 있었다.

가만히 다가가 안아 주고 싶다는 생각이 들 정도로 그의 시선은 안타까움이 가득 들어차 있었다.

이를 악물고 참으며 자리에서 일어났다.

아무리 생각해도 떠오르는 결론은 오직 하나뿐.

이 사람은 그의 삶에 그녀를 두려 하지 않는다는 것.

자유로운 삶.

아무것에도 얽매이지 않고 창공을 훨훨 날아가는 새처럼 그의 삶은 자유를 원하는 것이 분명했다.

다리에 힘이 풀렸으나 안간힘을 다해 걸어 와 차문을 열고 시트에 깊숙이 몸을 묻었다.

정미경은 그녀의 상태를 확인한 후 급히 차에 시동을 걸었는데, 한참이 지나도록 아무것도 묻지 않았다.

오랜 시간은 함께한 그녀는 황수인의 상태가 진정될 때까지 조용하게 기다렸다.

얼마나 지났을까.

시트에 깊숙이 몸을 묻고 있던 황수인이 천천히 몸을 일으켜 창밖을 바라보는 순간 더 이상 참을 수 없다는 듯 정미경의 입이 슬그머니 열렸다.

"수인아, 왜 그래?"

"아무것도 아냐."

"아무것도 아니긴, 네 표정을 보니까 금방 죽을 것 같은데. 무슨 일이니. 그 사람하고 무슨 이야기 했어?"

"언니, 그 사람은 엄청 힘들게 사는 것 같아."

"아우, 답답해. 뭐라고 했는데 그런 소리가 나와?"

"내가 좋은데 사귈 수는 없대. 자기는 노랠 부르며 세계를 정처 없이 떠돌아다니는 사람이라 나와 같이 있지 못한다고 했어."

"그건 또 무슨 개소리야. 별 개소리를 다 듣겠네. 그런 놈이 가는 사람을 왜 잡았어?"

"마지막으로 얼굴을 보고 싶었대."

"이제 알겠네. 그 미친놈 삼류 중에 삼류구나. 촬영할 때 키스로는 양에 안 차니까 이 기회에 한번 자자는 뜻이었어. 월드 스타니까 손만 잡으면 무조건 될 줄 알았던 모양이지? 천하의 황수인을 뭘로 보고. 나쁜 새끼!"

"그런 거 아니야."

"아니긴 뭐가 아냐. 수작질이 뻔히 보이는데."

"그 사람, 내가 아파하는 게 싫다고 했어. 그게 진짠지, 아니면 그냥 하는 말인지 모르겠지만 난 그 말에 눈물이 나왔어."

"왜?"

"진짜라는 생각이 들었거든. 나를 좋아한다는 그 말이……."

"미치겠네. 어쨌든 이것으로 확실하게 정리돼서 다행이야. 이제 그만 좀 쳐. 좋아한다면서 그런 핑계를 대는 놈은 정상이 아냐. 내 말, 무슨 뜻인지 알지?"

                    *   *   *

이병웅은 떠나는 그녀의 뒷모습을 말없이 바라보았다.

뭐 하는 짓이냐고?

그걸 나도 모르겠어.

그동안 만났던 많은 여자들.

콘서트를 진행하던 2달 동안 10명의 여자들과 잠을 잤다.

그녀들은 전부 미국에서 내로라하는 가수와 할리우드 스타들이었지만, 그저 스쳐 지나가는 바람처럼 하룻밤 쾌락을 위해 전혀 망설이지 않고 그녀들을 안았다.

스캔들 같은 건 걱정하지 않았다.

그녀들 역시 원나잇으로 언론의 표적이 되고 싶지 않았으니 연기처럼 방으로 스며들어 왔다가 사라졌기 때문에 철저하게 비밀이 지켜졌다.

하지만 이상하게 황수인에게만큼은 그러고 싶지 않았다.

낯선 감정.

이게 뭐냐고 묻는다면 나 역시 알지 못한다.

혹시, 당신들은 알아?

*   *   *

미국으로 돌아온 후 똑같은 일을 반복했다.

새벽에 일어나 조깅을 했고 낮에는 수업을 들었으며 시간을 할애해서 사람들을 만났다.

밤에는 여전히 '제우스'에서 보내오는 투자 실적과 자료들을 보면서 시간을 보냈다.

금과 은이 폭발하기 시작한 것은 추가적인 양적 완화가 시작된 후부터였다.

자본의 10%. 그가 귀금속에 투자하기로 베팅한 금액은 3,700억이었는데 불과 6개월 만에 300%의 수익을 올렸다.

친구들과 정설아는 금과 은이 폭발하며 미친 듯 폭등하는 걸 확인하고 이병웅의 선견지명에 탄복을 거듭했다.

투자자들 사이에서는 은에 대한 투자를 악마의 베팅이라고 부른다.

한번 움직이면 무섭게 치고 올라가는데, 금이 130% 오르는 동안 은은 350%의 상승률을 기록했다.

그만큼 은은 올라갈 때와 떨어질 때의 변화폭이 엄청나기에 안정적인 투자자들은 은에 대한 베팅을 꺼려했다.

"팔지 마."

―병웅 씨, 이젠 팔아야 돼. 수익률이 350%가 넘었어. 은은 어디로 튈지 모르니까 이쯤에서 수익을 확정시키는 게 맞아.

"아니, 아직은 아니야. 내 정보에 따르면 아직 양적 완화가 마무리되지 않았어. 누나, 우린 그때까지 기다려도 돼."

―제발 내 말 좀 들어. 은값의 역사는 나도 잘 알아. 한번 떨어지면 순식간에 상승한 걸 뱉어 내는 게 은값이야. 물론

병웅 씨 말대로 더 먹을 수도 있어. 하지만 먹어 봤자 얼마나 더 먹겠어?

"글쎄, 얼마나 더 먹을까. 누나는 우리가 얼마나 더 먹을 수 있을 것 같아?"

이병웅의 반문에 정설아가 수화기 너머에서 침묵을 지켰다.

철의 마녀란 별명을 가질 정도로 정확한 분석력과 베팅 실력을 자랑하는 그녀였지만 이번 질문은 답변하기가 어려웠다.

신세계.

모든 저항선을 뚫어 버린 차트는 그 끝이 어딘지 모르는 법이다.

은은 폭발적으로 상승하며 각종 저항선을 전부 뚫은 채 고공행진을 하고 있었기 때문에 꼭지점을 말한다는 건 불가능했다.

"누나, 모든 것들이 똑같아. 신세계를 향해하는 놈은 도착지를 알 수 없어. 그렇다면 갈 데까지 가봐야지. 안 그래?"

─휴우… 병웅 씨는 결국 거기까지 생각하는 거구나. 그건 너무 무모해. 대형 주식이라면 차트가 꺾였을 때 팔아도 이윤을 충분히 남길 수 있지만 은은 그렇지 않잖아.

"그래서 한 가지를 더 봐야 해."

─뭐?

"거래량."

금융시장의 에이스, 정설아는 금방 이병웅의 뜻을 알아채고 뒤늦게 고개를 끄덕였다.

가격의 변동에서 가장 커다란 척도가 바로 거래량이란 걸 새삼 떠올렸기 때문이었다.

─병웅 씨는 어느 정도 거래량에서 팔아야 된다고 생각해?

"지금의 두 배. 양적 완화가 끝나고 그런 거래량이 터지면서 상승할 때 팔아 치우자. 아마, 그게 꼭지일 테니까."

이병웅은 정설아와의 통화를 끝낸 후 마시던 맥주를 입으로 가져갔다.

100년 동안 미국에서 찍어 낸 달러의 총액은 9,000억 달러. 하지만 지금 연준에서는 금융 위기를 타개하기 위해 불과 1년 반 만에 3조 달러 이상을 찍어 내고 있었다.

자신이 제안했던 양적 완화였으나 점점 불안감이 커지기 시작했다.

유일한 방법.

그럼에도 지금 연준에서 시행 중인 양적 완화 규모는 그 도가 지나쳤고, 제시카를 통해 들어온 정보에 따르면 앞으로도 당분간 지속될 예정이었다.

과연 괜찮을까?

아무리 생각해도 연준의 행동은 경제에 무리를 줄 수밖에 없다.

천문학적인 돈을 뿌린다는 건 실물 자산의 무차별적인 상승을 불러일으키는 직접적인 원인이 된다.

당장, 주식시장이 폭발적으로 상승하는 것도 그 이유고 금융 위기의 원인이었던 부동산도 곧 기지개를 켜면서 다시 예전 시세를 회복하기 위해 달려갈 것이다.

그건 진짜 돈인 금과 은도 마찬가지다.

화폐와 돈의 차이는 오직하나 가치의 저장성뿐.

과거 300원 하던 소주값이 3,000원으로 변했다는 건 가격이 상승한 게 아니라, 화폐의 가치가 떨어졌다는 걸 의미한다.

그런 면에서 봤을 때 진짜 돈인 금과 은은 지금처럼 양적완화가 지속되는 한 계속해서 상승할 수밖에 없다는 게 그의 생각이었다.

*   *   *

이병웅의 신곡 정통록 '블루 스카이'는 애잔한 음률에서 시작되지만 점점 템포가 빨라지며 사람들의 혼을 흔들어 놓을 만큼 강렬한 노래였다.

미국으로 오기 전 녹음한 7곡 중 하나였는데, '창공' 쪽에선 보물 보따리를 풀어놓는 것처럼 하나씩 세상에 내놨다.

'블루 스카이'의 뮤직비디오는 다른 것들과 달리 이병웅을 주축으로 하는 록밴드의 모습만 화면에 담았다.

리드기타를 손에 쥔 이병웅의 모습이 화면 전체를 장악했고, 뒤를 받치는 드럼과 베이스, 세컨기타의 모습이 번갈아 나타났다 사라졌다.

그렇다고 단순히 노래하고 연주하는 모습을 촬영한 건 아니었다.

각종 특수 촬영 기법.

서로 달리 촬영된 두 가지 이상의 촬영 소스를 중간의 이음새가 드러나지 않도록 컴퓨터를 이용해 합성하는 패닉 룸 기법, 카메라는 뒤로 빠지고 피사체는 당겨지게 찍는 트랙아웃, 핸드헬드처럼 자유자재로 이동하지만 안정적인 장면을 제공하는 스테디 캠까지 특수 촬영 기법이 전부 동원되었다.

떨어지는 땀방울과 거친 호흡, 이병웅의 열정적인 시선처리가 영화처럼 화면 전체에 흘러, 보는 사람으로 하여금 탄성을 자아내게 만든 이 비디오는 발매한 지 한 달 만에 5천만 장이 팔릴 정도로 대박을 터뜨렸다.

'블루 스카이'의 발매는 이병웅이 학교로 돌아간 후 출시되었는데, 발매하자마자 폭발적인 인기를 끌면서 각종 음원 차트를 휩쓸었다.

그의 곡은 한국에서 출시되었지만, 금방 전 세계로 퍼져나갈 만큼 압도적인 파워를 뿜어냈다.

일주일 만에 한국 시장을 휩쓴 '블루 스카이'가 아시아와 유럽, 미국 시장을 장악하는 데 걸린 시간은 불과 2주.

발매한 지 3일 만에 빌보드 차트에 이름을 올린 '블루 스카이'는 2주 만에 톱을 찍는 기염을 토한 후 연속 12주 정상에서 머물고 있었다.

                    *   *   *

올해 이병웅의 콘서트는 유럽에서 열렸다.

'창공'의 김윤호는 매년 콘서트 일정을 대륙별로 잡아 놓는데, 올해는 유럽이었고 내년에는 남미에서 갖는 것으로 계획되어 있었다.

5번의 콘서트.

영국, 프랑스, 이탈리아, 스페인, 독일.

여름방학과 동시에 시작된 이병웅의 콘서트는 금방 유럽 전역을 열광의 도가니에 빠뜨렸다.

그가 가는 곳마다 새 역사가 쓰여질 정도로 유럽은 흥분과 광란 속에서 그의 콘서트를 기다렸다.

작년 미국에서 벌어졌던 현상들이 콘서트가 벌어지는 나라마다 증폭되고 진화되어 몸살을 앓게 만들었는데 콘서트가 진행되는 동안 수많은 사람들이 기절하는 사태가 벌어질 정도였다.

그의 이번 유럽 콘서트 부제는 '전율'이었다.

관객들에게 인생에서 도저히 잊지 못할 전율을 선사하겠다는 의미로 탄생한 부제.

그래서였을까.

콘서트가 벌어질 때마다 광적으로 흥분한 관객들이 여기저기서 쓰러지며 주최 측을 바짝 긴장하도록 만들었다.

이병웅은 이번에도 콘서트 수익금의 30%를 기부하는 선행을 베풀어 콘서트가 벌어진 국가마다 그에게 감사장을 수여했다.

당연히 유럽 언론에서 내보내는 그의 이미지는 최상이었고, 사람들의 환호는 점점 커져 갔다.

*　　　　*　　　　*

BBC의 '그레이엄 노튼'쇼는 유명 연예인들을 초청해서 이야기 나누는 토크쇼로 주말에 방송하는데, 영국에서 가장 인기 있는 프로그램이었다.

오늘 출연자는 영국이 낳은 할리우드 스타 콜린 퍼스와 인기 록그룹 '크림'의 리드 보컬 지미 라이더, 미녀 스타 사라 케리건이었다.

진행자인 노튼은 세 사람의 최근 활동에 대해서 물으며 시간을 보내다가 화면에 특별한 사진을 띄웠다.

"콜린 씨, 한번 이 사진을 보시죠. 이게 무슨 사진인 것 같습니까?"

"당연히 알고 있습니다. 워낙 언론에서 크게 보도했기 때문에 저 같이 텔레비전을 안 보는 사람도 알 정도죠. 저 사진은 병웅의 콘서트를 보기 위해 줄을 선 사람들 같은데 아닌가요?"

"역시 아시는군요. 그렇습니다. 이 사진은 스탠딩 표를 구한 관객들이 좋은 자리를 차지하기 위해 줄 서 있는 장면입니다. 정말 대단한 인기죠. 혹시, 콜린 씨는 갓 보이스의 노래를 들은 적이 있나요?"

"요즘 히트하고 있는 '블루 스카이'를 좋아합니다. 다른 노래들도 좋았지만 특히 그 노래는 뭐랄까… 제 피를 뜨겁게 만들 정도로 격정적이더군요. 정말 좋은 노래라고 생각합니다."

콜린 퍼스가 대답을 하자 노튼의 시선이 지미 라이더 쪽으로 옮겨졌다.

그때 화면이 바뀌며 이병웅의 전신 모습이 클로즈업되었다.

"지미, 같은 가수로서 갓 보이스의 노래를 어떻게 생각하십니까?"

"그가 부르는 노래에는 희로애락에 대한 감정이 담겨 있습니다. 같은 가수로서 정말 부러울 만큼 병웅의 표현력과 가창

력은 탁월하죠. 예전에는 일각에서 그의 외모 때문에 노래를 폄하하기도 했지만, 이젠 아무도 그런 소리를 하지 못합니다. 저는 병웅의 노래를 들을 때마다 절망감이 들곤 했습니다. 그 정도로 그의 노래는 완벽하다고 생각합니다."

"대단한 평가군요. 그렇다면 관객들이 저런 광적인 반응을 보이는 무엇이죠. '크림'이 콘서트 할 때도 저랬나요?"

다시 화면이 바뀐 후 콘서트장의 모습이 나타났다.

광적인 열광.

이병웅의 노래를 들으며 관객들은 전부 펄쩍펄쩍 뛰고 있었는데, 상당수 관객들이 눈물을 흘리고 있었다.

"저희들이 공연을 할 때도 팬들이 즐거워하지만 저런 모습을 본 적은 없습니다. 그런 면에서 봤을 때 병웅은 '크림'과 격이 다른 스타입니다. 관객들이 모두 노래를 따라 부른다는 건 저희로서는 꿈속에서나 기대할 수 있는 장면이거든요."

"그건 크림뿐만 아니라 모든 가수들의 꿈이기도 할 겁니다. 저는 태어나서 타국의 언어로 된 노래를 따라 부르는 걸 처음 봅니다. 정말 경이적인 일이죠."

"저도 그렇게 생각합니다."

지미 라이더가 고개를 끄게 끄덕이며 수긍을 하자 이번에는 노튼의 시선이 사라 케리건 쪽으로 향했다.

"그럼 이번에는 사라에게 물어보겠습니다. 사라, 최근 발표

된 남자 섹시 스타 1위에 병웅이 선정되었습니다. 아시나요?"

"저도 뉴스에서 봤어요. 저는 당연한 결과라고 생각해요."

"왜 그렇죠?"

"병웅은 신이 내린 목소리를 가진 사람이에요. 하지만 여자 팬들이 그에게 열광하는 건 그가 지닌 남자로서의 매력 때문이에요."

"세상에는 잘생긴 스타들이 많잖습니까. 남자로서의 매력이라면 브래드피트나 제이브 도년, 루크 에담스도 못지않을 텐데요?"

"그분들도 대단한 매력들을 가진 사람들이죠. 하지만 병웅에게는 안 됩니다. 병웅은 그 사람들이 가지고 있지 않는 특별한 것이 있어요."

"그게 뭡니까?"

"한번 보면 도저히 잊히지 않는 눈. 마치 사람의 영혼을 빨아들일 것 같은 그의 시선은 다른 스타들과 비교할 수 없는 매력을 여자들이 느끼게 만들어요. 정말 거부할 수 없는 치명적인 무기죠."

"사라도 그를 좋아하나요?"

"그럼요, 저도 그를 무척이나 사랑한답니다."

*　　　*　　　*

유수처럼 흘러가는 시간들.

2010년 11월.

미국으로 넘어온 지 벌써 2년의 시간이 흘렀고, 그동안 수 많은 일들이 있었다.

불과 300억으로 시작되었던 그의 투자금은 2년 반이란 시 간이 지난 지금 무려 7조 원이란 천문학적인 숫자로 바뀌었다.

금융 위기란 하늘이 준 기회가 아니었다면 도저히 불가능 한 일이었을 것이다.

그럼에도 그는 만족하지 않았다.

아직 양적 완화는 진행 중이었고 약삭빠른 시장은 연준을 믿고 하늘 모르게 고공 행진 하는 중이었으니, 돈을 쓸어 담 을 기회는 얼마든지 있었다.

"병웅, 회사들이 요구하는 연구비가 점점 커지고 있어. 연구 된 기술들로 본격적인 제품 개발에 착수하고 싶어 해."

"금액은?"

"6개 회사가 요구하는 금액이 각각 다른데, 전부 합해서 6천 만 달러야."

6천만 달러.

한국 돈으로 환산하면 600억이 넘는다.

지금까지 2년 동안 미국의 4차 산업 관련 회사에 퍼부은 돈이 2천만 달러인데, 내년 예산으로 그보다 3배가 많은 6천만 달러를 요구하고 있었다.

"어차피 연구가 어느 정도 진행되면 제품 개발에 착수하는 건 당연한 일이야. 하지만 나는 그 돈을 투자할 수 없어."

"어쩌려고?"

"그렇지 않아도 이제 정리할 생각이었어. 한국의 연구진들이 미국 쪽과 비슷한 수준까지 올라왔거든."

"때가 되었다는 뜻이네?"

"응. 이제 여기 있는 회사들은 지속시킬 필요가 없다고 생각해."

"연구진은?"

"설득해 봐. 미국 애들은 안 가는 사람들도 있겠지만, 한국과 아시아 쪽 사람들은 특급 대우를 해 준다면 전부 가겠다고 할 거야."

원래 있었던 연구진을 제외하면 추가된 인원들은 대부분 한국과 아시아 쪽의 인재들을 스카우트해서 배치했다.

어차피 미국의 회사들은 때가 되면 소멸시킬 생각이었으니 한국으로 이전할 수 있는 인력들을 키우기 위함이었다.

연구원들은 자신들이 개발하는 분야에 목숨을 거는 사람들이란 특성을 이용해서 이병웅이 처음부터 계획한 것이었다.

물론, 안 간다고 해도 상관없다.

이미 미국에서 개발된 자료들은 전부 한국의 '갤럭시'로 넘어간 상태였고 180명에 달하는 한국의 연구진들이 그 자료를 바탕으로 기술을 진화시키는 중이었다.

한국의 '갤럭시'도 내년 예산으로 700억을 요청해 왔다.

미국처럼 제품 개발을 위해 자금이 필요하다는 것이었다.

"휴우, 갑자기 회사를 폐쇄한다면 가만있지 않을 텐데?"

"모 기업의 사정이 어려워졌다고 설명하면 돼. 그리고 그 사람들 지금까지 돈만 잡아먹었지, 내놓은 게 하나도 없잖아. 제품 개발을 하려면 추가로 천문학적인 돈이 들어간다는 걸 그 사람들도 잘 알고 있을 거야. 그런 마당에 성공한다는 보장도 없는데 우릴 원망할 수 있을까?"

"그건 그렇지."

"제시카, 마지막으로 수고해 줘. 마무리가 되면 내가 멋진 선물 해 줄게."

"어떤 선물?"

"학교를 졸업하면 시간이 남을 거야. 아무도 없는 섬에 가서 일주일 동안 같이 시간을 보내는 건 어때?"

"정말, 그럴 수 있어?"

"응, 그동안 고생했잖아. 제시카는 돈이 많으니까 물질적인 선물보다 추억을 선물하는 게 좋겠다는 생각이 들었어."

"우와, 그거면 돼. 병웅과 함께 있는 게 나에겐 최고의 선물

이야, 고마워!"

*   *   *

펜실베이니아의 생활이 끝나는 순간 그와 같이 공부했던 대학원생들과 인연을 맺었던 교수들, 그리고 수많은 학부학생들이 아쉬움을 숨기지 못했다.

대놓고 말하지 않았지만 그들은 모두 이병웅과 같이 공부했다는 걸 자랑스럽게 생각하고 있었다.

마지막 수업이 끝나고 이병웅은 윌리엄스 교수 지도아래 같이 공부했던 대학원생들과 식사 시간을 가졌다.

펜실베이니아 근처에 있는 화이트 독은 이병웅이 인맥을 넓히기 위해 사람들을 자주 만난 곳이었다.

즐거움과 아쉬움이 공존하는 시간.

식사를 끝내고 맥주가 나오면서부터 대학원생들은 이병웅과의 이별이 점점 실감나는 듯 얼굴이 굳어지기 시작했다.

그들은 남고 이병웅은 떠난다.

그들은 MBA 자격증을 따기 위해 한동안 이곳에서 더 머물테지만, 이병웅은 졸업식에도 참석하지 않고 곧바로 떠날 예정이었다.

"병웅, 당신과 함께했던 2년. 정말 즐거웠어."

"아니야. 너희들한테 미안해. 열심히 노력하는 너희들과 함께하지 못한 거 정말 미안하게 생각하고 있어."

"병웅은 사는 세상이 우리와 다른 사람이잖아. 우린 이해해."

"고마워."

"아마, 내가 앞으로 살아가는 동안 병웅 같은 사람은 다시 만날 수 없을 것 같아. 월드 스타인 병웅으로서가 아니라 경영학의 천재인 병웅을 말하는 거야. 너희들은 안 그래?

"나도 그런 생각을 했어. 병웅, 당신은 가수가 아니었어도 세상을 깜짝 놀라게 만드는 경영자를 되었을 거야. 우린 아무리 노력해도 도저히 따라갈 수 없는 그런 경영자. 난 늘 병웅과 함께하면서 인간의 한계를 벗어난 초인을 보는 것 같았어."

"너희들도 그렇게 생각했구나. 나도 그랬는데."

헨리가 먼저 말하자 쯔위와 레이몬드가 맞장구를 치며 호들갑을 떨었다.

그들이 말하는 건 가끔 수업 때마다 보여 줬던 이병웅의 말도 안 되는 지식과 경영에 대한 이해 때문이었다.

이병웅이 보여 주었던 충격은 아직도 그들의 뇌리 속에 깊숙이 남아 있었다.

그들 역시 천재란 소리를 들으며 자랐지만 이병웅은 차원 자체가 다른 존재로 인식될 만큼 강한 충격을 주었다.

"너무 띄우지 마. 어쩌다가 교수님들이 아는 걸 물어봤을 뿐이야."

"하아, 그렇게 말하지 마. 어떻게 우리가 모르는 걸 매번 대답할 수 있어. 그것도 교수님들이 놀랄 정도로. 처음엔 나도 운이 좋았을 거라 생각했는데, 그런 일이 거듭할수록 내 생각이 틀렸다는 걸 알았어. 병웅은, 겸손 떨지 않아도 돼. 충분히 그럴 자격이 있는 사람이니까."

"부끄럽게 왜 이래. 그만 해."

"병웅, 우리는 당신과 헤어진다는 게 정말 아쉬워. 오랫동안 기억할 거야. 병웅의 따스한 웃음과 다른 사람을 배려하는 마음. 그리고 잘생긴 당신의 얼굴. 우리도 잊지 않을 테니 병웅도 우리를 잊지 말아 줘. 부탁해."

"당연히 잊지 않을 거야. 어차피, 우린 다시 만나게 될 테니까 그런 걱정은 하지 마."

*　　　*　　　*

이병웅의 거취는 전 세계의 관심을 받는다.

'창공'의 김윤호에게만 알리고 극비리에 귀국했음에도 발 없는 말이 천 리를 가는 것처럼 이병웅의 귀국 소식은 한국을 뜨겁게 달구어 놓았다.

대단한 도전.

JBC의 '대단한 도전'은 벌써 5년이 넘도록 국민들의 인기를 한 몸에 받으며 예능 프로그램에서 톱을 찍고 있었다.

메인 MC인 유재필은 국민 MC로 불렸는데, 타고난 착한 인성으로 법이 없어도 된다는 평가를 들을 만큼 모범적인 연예인이었다.

주요 멤버들은 가수와 개그맨들로 구성된다.

매번 말도 안 되는 도전으로 국민들에게 대리 만족을 선사하는 그들의 코믹스러운 행동은 그야말로 인기 절정이었다.

오늘의 녹화 콘셉트는 올해 반드시 도전해야 할 주제를 놓고 출연진들이 갑론을박하는 장면과 결정된 내용에 따라 섭외를 진행하는 방식이었다.

언제나 그렇듯.

메인 MC의 주도 아래 진행된 토론은 난장판이나 다름없다.

출연진들은 각자가 내놓은 도전이 더 무모하고 대단하다며 주장을 했는데, 가장 극적인 제안은 단연 개그맨 박용수가 내놓은 것이었다.

그것은 바로 이병웅과 하루 동안 데이트를 하면서 그의 일과를 밀착 취재 한다는 것이었다.

"내 참 기가 막혀서. 용수 형, 거, 말이 되는 제안을 하세요."

"왜 안 돼? 된다니까 그러시네."

"아, 용수 형. 우리가 아무리 무모한 도전을 한다지만 그래도 일말의 가능성은 있어야지. 그렇게 막 던지면 어떻게 해!"

"아직 잠이 덜 깨서 그래. 우리가 이해해 주자. 우리 용수 형 빼놓고 다른 제안이나 토론합시다."

"이것들아, 한다고 내가 무조건 한다고!"

박용수가 버럭 하며 소리를 질렀다.

버럭이 호가 된 인물.

그는 자신이 불리하면 무조건 소리부터 지르고 본다.

그러자 유재필과 멤버들이 낄낄거리며 난장을 피웠다.

차라리, 대통령과 하루를 보내는 게 더 가능성이 있다.

세계를 휩쓸고 있는 월드 스타 이병웅은 텔레비전에 출연하지 않는 것으로 유명했고, 콘서트가 아니면 아예 얼굴조차 보기 어려운 사람이었다.

그랬기에 유재필이 웃다가 눈을 똥그랗게 뜨고 박용수를 향해 어깃장을 놨다.

"박용수 씨, 정말 가능합니까?"

"그렇다니까요."

"허어, 자신감이 대단하시네. 만약 성사시키면 아마 방송국에서 엄청난 보너스를 줄 겁니다. PD님 안 그래요?"

유재필이 녹화를 지휘하는 담당 PD에게 묻자 잠시 어이없어 하던 김충호 PD가 손가락을 올려 동그라미 사인을 보냈다.

"보너스는 얼마나 줄 겁니까?"

"천만 원 드리겠습니다."

"우와, 좋네 좋아. 여러분 박용수 씨가 이병웅 씨를 섭외하면 짠돌이 김 PD가 천만 원을 준답니다. 우리 커다란 행운을 획득한 용수 형한테 박수!"

유재필이 선동하자 멤버들이 난리법석을 피우며 박수를 쳐 댔다.

박용수의 얼굴이 슬슬 굳어졌기 때문이었다.

감각적으로 보너스가 걸렸다면 반대급부로 페널티가 있다는 걸 베테랑인 박용수가 모를 리 없었다.

아니나 다를까.

"자, 그럼 거래가 성사되기 위해서는 만약 실패했을 경우에 대한 벌칙도 있어야죠?"

"당근. 우리가 누굽니까. 지금까지 대단한 도전에 실패하면 무조건 벌칙을 받았잖습니까. 그러니 무조건 벌칙은 있어야 됩니다."

"어떤 벌칙이 좋을까요?"

"천만 원에 대한 절반을 내놓기로 합시다. 돈은 돈으로 박치기 하는 게 최곱니다."

"우와, 옳소."

정민호의 제안에 멤버들이 다시 한번 환호성을 질렀다.

그러자, 박용수의 얼굴이 흑색으로 변했다.

일단 질러 본 일이 점점 커져서 이젠 빼도 박도 못하는 상황으로 진행되었기 때문이었다.

"잠깐, 스톱. 야, 그런 게 어디 있어. 안 돼, 절대 안 돼!"

"자신 있다면서요."

"그거야… 재필아 한 번만 봐 주라. 내가 잘못했다."

"일수불퇴. 남자가 한번 뱉은 말은 무조건 지켜야죠. 더군다나 오늘은 대단한 도전의 한 해 목표를 세우는 자린데 벌써부터 꽁무니를 빼면 되겠습니까?"

"옳소!"

"무조건 레츠 고. 국민 여러분, 이로서 대단한 도전의 주요 도전과제가 전부 선정되었습니다. 기대해 주십시오. 특히, 박용수 씨의 무지막지하고 대담한 용기에 박수를 보내줍시다."

"안 돼, 살려 줘!"

박용수가 마이크를 뺏으려 했으나 유재필은 멤버들 사이로 도망다니며 끝까지 멘트를 날렸다.

멤버들은 필사적인 박용수를 막느라 이리저리 뛰어다녔고 뒤에서 녹화하던 스태프들과 PD는 그 모습을 보면서 배꼽을 잡은 채 웃어 댔다.

이게 대단한 도전이 인기를 끄는 비결이다.

당연히 안 된다는 걸 알면서도 무조건 들이박고 보는 프로그램의 특성 때문에 사람들은 흥미를 가지고 지켜본다.

앞으로 당분간 대단한 도전은 시청률이 올라갈 것이다.

월드 스타인 이병웅을 두고 내길 걸었으니 사람들은 그 성사 여부를 확인하기 위해서라도 시간이 되면 텔레비전 앞으로 몰려들 게 분명했다.

*   *   *

정설아와 '제우스'의 투자팀은 총 긴장 상태에 빠져 있었다.

'제우스'에서 금과 은에 투자한 원금은 3,700억, 그중 금이 30%였고 은이 70%의 비중이었다.

현재 금값은 약 2배가 오른 상태였고 은은 7배에 육박했다.

정말 미친 듯한 상승이었다.

오늘 기준으로 귀금속에 투자한 금액은 정확하게 2조를 통과했으니 '제우스'는 다시 한번 기적을 썼다.

'제우스'가 긴장하고 있는 건 정설아가 내려 준 지침 때문이었다.

정설아는 이병웅과의 회의를 통해 가격을 주시하며 거래량의 변화를 측정하고 있었는데, 근래 거래량이 3배 가까이 폭증하고 있었던 것이다.

"병웅 씨, 이제 결정해 줘. 난 더 이상 안 된다고 생각해."

"왜 안 되지?"

"양적 완화로 인해 엄청난 돈이 풀리면서 금과 은이 폭발했다는 건 인정해. 하지만 아무리 좋은 투자 환경이라도 가격이 조정받게 되는 원칙이 하나 있어. 그건 바로 모든 사람들이 너무 올랐다는 공감대를 형성할 때야. 그땐 어떤 좋은 상품도 견디지 못해."

"알아."

"더군다나, 지금은 서서히 경제가 안정을 찾아가고 있는 중이야. 안전자산인 금과 은은 경제가 침체를 벗어나면 추락하게 될 거야. 사람들은 지금 환상에 젖어 있지만 그 환상에서 깨어나면 금과 은을 버릴 수밖에 없어."

"난 누나를 얻은 게 행운이라고 생각해. 아마, 내가 없어도 누나는 '제우스'를 세상에서 제일 거대한 투자펀드로 성장시킬 거야."

"누가 그런 말 해 달래? 어쩔 거냐고. 난 지금 심장 떨려서 죽을 지경이야. '제우스' 전 직원들이 비상대기 상태야. 빨리 결정해 줘. 병웅 씨가 말한 대로 거래량도 폭발했으니까 제발 팔자."

"투자의 삼 원칙이 뭔 줄 알아?"

"뭔데?"

"호랑이와 같은 용기, 여우와 같은 좋은 머리, 그리고 낙타가 바늘을 통과할 정도의 행운. 우리는 그 삼 원칙을 전부 가졌기 때문에 지금까지 무섭게 성장할 수 있었다고 생각해. 그렇지?"

"우린 호랑이처럼 용맹하게 매수를 했고 여우처럼 매도 타이밍을 철저하게 지켜왔으니까."

"하하… 이번에도 우린 그렇게 할 거야. 누나의 판단에 나도 동의해. 지금 즉시, 팔자."

"정말이지?"

"그렇다니까."

이병웅이 고개를 끄덕이자 정설아가 벌떡 일어나 전화를 때리기 시작했다.

한통은 대기하고 있던 '제우스' 본사의 투자팀에게 한 것이고 나머지 2통은 홍철욱과 문현수였다.

패턴대로 금과 은의 투자도 3군데서 동시에 진행했기 때문에 한국과 미국, 중국에서 각기 매도가 진행될 것이다.

현재 시각 저녁 8시 30분.

금과 은 선물은 24시간 시장이 개장되는데, 미국 금융시장이 열리는 11시 경부터 가장 거래량이 많았다.

금과 은값이 하락을 시작한 것은 '제우스'가 모든 물량을 처리한 후 3일이 지나고부터였다.

정설아는 시장의 하락을 보면서 그녀와 이병웅이 내린 탁월한 선택에 팔짝팔짝 뛰며 기뻐했다.

"그렇게 좋아?"

"그럼 좋지. 투자가는 이런 순간이 가장 기쁜 거잖아. 우린 발바닥에서 사서 머리 꼭대기에서 팔았어. 백 번을 투자하면 한두 번 있을까 말까 한 승리를 했단 말이야. 우린 또 대박을 터뜨렸어. 다시 한번 기적을 썼다고."

이병웅은 정설아가 기뻐하는 모습을 보면서 밝게 따라 웃었다.

기적적인 승리를 거뒀다.

하지만 이번의 승리는 정설아가 생각하는 것처럼 낭떨어지 직전에 탈출한 것이라 보긴 어렵다.

거대한 시장은 하루 이틀 만에 폭락하거나 상승하는 경우가 없다.

하락 사이클에 들어섰어도 팔 기회는 수없이 많은 게 시장이다. 시장은 하락 사이클에서 들어선 후에도 하락과 상승을 반복하기 때문이다.

그럼에도 이병웅은 기뻐하는 정설아를 추켜세웠다.

"나 누나 덕분이야."

"이젠 그렇게 말하지 않아도 돼. 병웅 씨가 판단했고 결정했던 일이야. 난 병웅 씨의 결정에 따랐을 뿐인데, 왜 자꾸 부끄럽게 만들어?"

"그래도 누나가 있으니까 할 수 있었던 거야. 다른 사람이었다면 내가 어떻게 믿고 맡겼겠어."

"정말 그렇게 생각해?"

"당연하지."

"그럼, 우리 집에 가서 오늘 술 한잔해. 이렇게 기쁜 날 축배를 들어야지."

"그러자."

"휴우, 이제 한시름 났네. 사실 그것 때문에 요즘 며칠 동안 잠도 못 잤어. 워낙 거대한 금액이라 긴장했더니 몸무게가 3kg이나 빠졌어. 그 덕분에 더 날씬해졌는데… 어때, 나 예쁘지 않아?"

"누난 언제나 예뻐."

"피이, 됐네요."

이병웅이 슬며시 허리를 안자 정설아가 입술을 삐죽이며 몸을 기대 왔다.

최근 들어 새롭게 옮긴 정설아의 사무실은 직원들이 일하는 본관과 공간이 분리되어 있었고 전용 엘리베이터와 연결되어 직원들은 이병웅이 찾아오는 걸 본 적이 없었다.

*　　　　　*　　　　　*

‘포세이돈’이 개발한 다이어트 신발 ‘헤르메스’는 총 6종으로 남녀 각 3종류씩이었다.

구두와 운동화, 등산화였는데, 전문 디자인 회사에서 1년에 걸쳐 만든 모델들이 적용되었다.

총 100명의 비만 남녀를 선정해서 임상 실험을 추진했고, 그 결과 상당한 효과가 검증되었다.

매일 1시간씩 걸은 실험자들은 6개월 동안 평균 10kg의 체중을 줄인 것으로 나타났다.

물론 비만 남녀였기에 가능한 숫자였을 것이다.

일반인들과 다르게 비만을 지닌 사람들의 운동 효과가 크다는 것을 감안하더라도 ‘헤르메스’의 효과는 탁월했다.

기존 신발을 생산, 판매하던 ‘유영’을 6개월 전에 1,500억에 인수한 정설아는 ‘헤르메스’의 임상 실험이 끝나자 거기에 맞춰 생산 라인을 변경시키는 작업을 했다.

부도를 맞은 ‘유영’은 한국 시장에서 꽤 커다란 점유율을 지닌 신발 업체였으나, 이병웅은 그들이 보유한 브랜드를 과감히 포기하고 ‘헤르메스’에 올 인 하는 전략을 짰다.

국내 기업들을 총괄 관리하는 ‘이지스’의 윤명호 사장은 정관계의 인맥을 총동원해서 각종 허가를 빠르게 처리했고 특허권까지 마무리해서 제품이 생산되면 판매에 문제가 없도록 완벽하게 준비해 놓은 상태였다.

산자부 차관 출신인 윤명호는 경영에도 탁월한 능력을 발휘했는데, 특히 조직 관리에 뛰어났다.

카운트다운.

이제 한 달 후면 포세이돈이 개발한 다이어트 신발 '헤르메스'가 시장을 향해 출격한다.

당연히 관건은 얼마나 효과를 발휘하는 것이냐다.

그럼에도 이병웅은 '헤르메스'가 획기적인 센세이션을 일으킬 것이라 확신했다.

일단 효과도 검증되었지만, 신발의 디자인이 일반 제품보다 훨씬 세련되어 그 자체로도 경쟁력이 있었기 때문이었다.

*   *   *

대단한 도전이 새해 들어 기획했던 올해의 도전 목록은 시청자들의 관심을 끌면서 폭발적인 인기를 끌었다.

단지 이병웅을 집중 취재 한다는 제안만으로도 초미의 관심을 보였는데, 3개월이 지난 지금까지 추진 상황을 묻는 시청자들로 인해 몸살을 앓고 있는 중이었다.

재미 삼아 멤버가 내지른 해프닝이었지만, 대단한 도전 측은 시간이 갈수록 압박감을 느낄 수밖에 없었다.

당연히 '창공' 측은 방송국의 제안에 콧방귀도 뀌지 않았다.

잠시 인터뷰를 하는 것조차 꺼려 하는 이병웅이 하루 종일 밀착 취재 당한다는 건 절대 있을 수 없는 일이었다.

"김 PD, 이제 대충 자진 고백 하고 빌어라. 우리까지 전화받느라 죽을 지경이야. 좀 적당히 우려먹어."

'해피 썬데이'의 PD 이문기가 이죽거리자 김충호가 인상을 긁었다.

저 새끼는 언제나 저런 식이다.

'대단한 도전'이 시청률 톱을 찍으며 그의 주가도 고공 행진했기 때문인지 동기인 이문기는 뻑하면 달려와 속을 긁어 댔다.

그럼에도 참는다.

원래 없는 놈들 속이 밴댕이 소갈머리처럼 작은 법이니까.

"미안."

"박용수만 대가리 숙이면 되잖아. 안 되는 건 안 되는 건데, 버텨 봤자 무슨 소용 있어. 대충하고 끝내."

"알았으니까 그만 가."

실실 웃는 놈을 향해 꺼지라는 듯 손짓을 한 김충호가 입맛을 쩝쩝 다셨다.

일리가 있는 말이다.

지금까지는 시청자들의 관심을 끌면서 시청률이 상승했기 때문에 주저했지만, 이제 밝히고 용서를 빌 때가 되었다.

지금까지의 경과를 솔직히 자백하고 용서를 빈다면 시청자들도 이해해 줄 것이다.

진짜, 병신이 되는 건 잘못을 인정 안 하고 버틸 경우다.

현명한 시청자들은 시청률 때문에 그런 짓을 하면서 버틸 경우 결국 감당하지 못할 보복을 가해 온다는 걸 경험으로 안다.

휴우.

저절로 흘러나오는 한숨.

막상 고백하려는 시나리오를 구상하자 눈앞이 깜깜했다.

사실, '창공' 쪽에 몇 번 연락을 한 게 다였기 때문에 나름대로 최선을 다했다는 변명을 하기가 너무 궁색했다.

'띠리링, 띠리링.'

전화가 걸려 온 것은 그가 머리를 감싼 채 끙끙거리고 있을 때였다.

*   *   *

박용수는 인터넷을 보면서 한숨을 푹푹 내리쉬었다.

자신이 불쑥 내지르면서 벌어진 일은 3개월이 지난 지금까지 수그러들지 않고 있었다.

사실, 그가 개그맨 생활을 시작한 후 이런 일을 벌인 적이 한두 번은 아니었다.

대충 생각나는 대로 떠든다고 해서 별명이 떠벌였고, 예능 방송에서는 늘상 있는 일이었으니 잠시 인터넷에 욕을 먹어도 이런 부담을 느낀 적은 한 번도 없었다.

하지만 이번엔 달랐다.

할 수만 있다면 그때로 돌아가 자신의 주둥이를 틀어막고 싶었다.

개인의 일이라면 감수할 수 있을 텐데, 방송국까지 피해를 준다고 생각하자 입맛이 썼다.

얼마나 어이없는 일이란 말인가.

수시로 올라오는 글들.

이병웅과의 하루는 언제 방송하느냐며 문의하는 인간들의 뇌구조가 의심되어 미칠 지경이다.

도대체 그렇게 할 일들이 없어?

촬영을 위해 방송국에 도착하자 메인 MC인 유재필과 멤버들이 모여 있는 게 보였다.

요즘 들어 그들은 자신에게 이병웅에 관한 말은 입 밖으로 꺼내지 않았다.

처음엔 만날 때마다 농담을 던졌지만, 상황이 점점 심각해지자 이젠 이병웅의 이름조차 입에 올리지 않았다.

"왔어요?"

"응."

"오늘 촬영은 서울 시내에서 찍는다네요. 멤버마다 이동 수단을 선택해서 남산타워에 가장 먼저 오르는 사람이 왕이 되는 게임이랍니다."

"재밌겠네."

다른 때 같았으면 히히낙락거리며 웃었겠지만, 박용수는 유재필의 설명을 들은 후 자리에 털썩 주저앉았다.

가시가 목구멍에 걸린 것처럼 말이 제대로 나오지 않았다.

마지막 멤버인 김윤성까지 나타난 지 오래되었지만 평소에는 제일 먼저 얼굴을 보이던 PD의 모습이 보이지 않았기에 멤버들은 조용히 앉아 오늘 녹화에 대한 의견을 나누었다.

PD 김충호가 헐레벌떡 달려온 것은 소집 시간보다 30분 정도 지났을 때였다.

"충호야, 너 뭐야. 왜 이제 나타나?"

"헉헉, 국장님실에 갔다 오느라 늦었어요."

"무슨 일 있어?"

멤버들이 시선이 김충호의 얼굴로 모였다.

그들도 시청자들의 열화와 같은 성화에 방송국이 곤란한 처지에 빠졌다는 걸 너무나 잘 알기 때문이었다.

"빅뉴스입니다."

"뭔데?"

"이병웅이… 우리 프로그램에 출연하겠답니다."

김충호가 숨을 고른 채 말을 하자 한마디씩 하던 멤버들이 얼굴이 순식간에 싸늘하게 가라앉았다가 비웃음이 떠올랐다.

"크크… 김충호, 우리가 이번에도 속을 줄 알았냐. 저기 카메라 돌아가는 것 좀 봐. 그런데 너 이래도 돼? 가뜩이나 분위기 안 좋다면서 왜 장난을 쳐!"

"진짜라니까요."

"야! 만우절은 내일이야. 너 그러다 혼난다."

유재필이 돌아가는 카메라를 바라보며 소리를 버럭 질렀다. 이런 적이 어디 한두 번이란 말인가.

김충호는 대단한 도전을 하면서 멤버들을 밥 먹듯 속였기 때문에 불신이 하늘 꼭대기까지 치솟아 있었다.

"아까, 오전에 '창공' 쪽에서 전화가 왔어요. 방송사가 일정을 몇 개 주면 이병웅 씨가 스케줄을 맞춰 본다는 전화였습니다. 그래서 국장님과 상의하고 날짜를 결정해서 알려 줬어요."

"크억, 정말!"

"진짭니다. 2주 후 4월 10일 날 촬영하는 것으로 결정되었다니까요."

김충호가 만면에 웃음을 띠며 통보를 하자 멤버들이 두 눈을 휘둥그레 뜬 채 눈치를 봤다.

다른 때 같으면 이 타이밍에서 만세를 부르며 난리법석을 피워야 했지만, 워낙 충격적인 소식이라 쉽게 받아들일 수 없었기 때문이다.

열심히 돌아가는 카메라.

이게 몰래카메라라면 완전 대박이다.

그만큼 멤버들의 두 눈은 흔들리고 있었는데, 특히 박용수는 어쩔 줄 모른 채 입을 떡 벌리고 있다가 기어코 버럭 소리를 질렀다.

"너, 이거 뺑이면 진짜 죽어!"

＊　　　　＊　　　　＊

JBC으로부터 날아온 이병웅의 대단한 도전 출연 소식은 전 언론에서 보도할 만큼 화제가 되었다.

세계 최고의 인기를 구가하는 월드 스타였지만, 텔레비전 화면에서는 절대 볼 수 없었던 이병웅의 출연은 초미의 관심을 끌기에 충분했다.

JBC는 당초 박용수가 제안한 것처럼 이병웅의 일과를 함께하면서 밀착 취재 일정을 추진했지만 그 뜻을 이루지 못했다.

이병웅이 오직 반나절만 촬영하겠다는 통보를 해 왔기 때문이었다.

드디어 촬영 당일.

메인 MC 유재필부터 모든 멤버가 모였을 때 김충호와 연예

국장이 모습을 드러냈다.

연예국장은 프로그램 촬영 때 한 번도 나타나지 않았는데, 오늘은 붉게 상기된 얼굴로 멤버들에게 악수를 청했다.

"오늘 중요한 날입니다. 전부 알죠?"

"그럼요."

"이병웅 씨의 심기가 불편하지 않도록 최선을 다해 주세요. 괜히 다른 때처럼 행동하다 망치기라도 하면 큰일 납니다. 특히 박용수 씨, 오늘은 버럭질 하면 안 돼. 알았죠?"

"예, 국장님."

간단한 인사였지만 국장이 전한 메시지는 강력했다.

이번 촬영은 코믹스럽지 않아도 되니까 이병웅에게 최대한 맞춰서 진행해 달라는 부탁이었다.

대단한 도전 멤버들은 대부분 개그맨들이었기 때문에 촬영 때마다 온갖 농담과 장난이 오간다.

그것이 시청자들에게 무식한 도전과 함께 웃음을 선사해 주는 중요한 요소였다.

"환장하겠네. 그럼 멀뚱거리고 서 있기만 해야 돼?"

"누가 그러라고 했어요. 평소처럼 진행하세요. 대신 이병웅 씨가 불쾌하지 않게만 해 주세요."

"쩝, 난 그냥 있어야겠다. 자칫 잘못하면 역적이 될 수 있겠어. 오늘 촬영은 재필이만 이야기 해. 나머지는 열심히 고개나 끄덕이자고."

"에이, 이거 왜 이러세요. 형님들, 부담 갖지 말고 평소처럼 하세요. 국장님이 저러는 건 노파심 때문이라고요."

"휴우, 알았어. 그런데 부담은 되네."

촬영은 출발하면서부터 이뤄졌다.

국장이 뭐라 했던 유재필과 멤버들은 방송 경력이 전부 10년 이상 된 베테랑이라 스튜디오에서 있었던 오프닝 멘트에 이어 차를 타고 이동하면서 최대한 분위기를 띄웠다.

이병웅을 만난다는 기대감. 막상 만났을 때 자신들이 어떻게 행동할지 토론하는 모습이 고스란히 찍혔다.

박용수는 근엄하게 어깨를 쳐 주면서 격려하겠다고 큰소리를 쳤다가 잔소리를 들었고, 누구는 뜨겁게 포옹을 하겠다며 전의를 불태웠다.

이병웅의 노래를 떼창하기도 했고 여자들에게 인기 있는 비법을 반드시 알아내서 써먹자는 모의도 하며 천방지축 날뛰었다.

하지만 그들은 이병웅이 연습하고 있는 '창공' 전용 스튜디오에 도착하는 순간 언제 그랬냐는 듯 쥐 죽은 듯 조용해졌다.

김충호는 멤버들에게 이병웅이 신곡을 녹음 중이라는 정보를 줬는데, 스튜디오에 도착하자 거대한 통유리 안에서 그가 기타를 든 채 노래 부르고 있는 모습이 보였다.

그저 직접 본다는 것만으로도 위압감이 들었다.

통유리 안에 있었음에도 이병웅의 모습은 마치 다른 세계의 사람처럼 느껴졌다.

"우와, 죽여주네. 실물로 보니까 훨씬 잘생겼다."

"저 입술 봐. 앵두 같아."

"야, 그건 여자들한테 쓰는 표현이잖아!"

"그럼 뭐라고 표현하지?"

"이씨, 갑자기 그렇게 물으니까 할 말이 없네. 어쨌든 잘생겼어. 엄청 잘생겼어."

"어… 어… 나온다 나와!"

*   *   *

이병웅은 노래를 부르며 밖에 도착한 대단한 도전 촬영팀을 확인하고 미소를 지었다.

오늘 복장은 청바지에 면티, 푸른색 재킷, 그리고 운동화를 신었다.

바로 '포세이돈'이 이번 신제품으로 출시한 '헤르메스'였다.

신곡을 연습한다는 건 거짓말이다.

아직 발표되지 않은 곡이 3곡 남았고 '창공' 쪽에서는 현재 최고의 작곡가들에게 곡을 의뢰해 놓은 상태라 후속 타이틀은 연말이나 되어야 연습이 가능했다.

그럼에도 촬영팀을 녹음 스튜디오로 부른 것은 자신의 차기 발표곡 '바람의 노래'를 맛보기로 들려주어 기대감을 불러일으키자는 김윤호의 주장이 반영된 것이었다.

스튜디오 문을 열고 나오자 유재필과 멤버들이 동시에 인사를 건네왔다.

한 명씩 반갑게 악수를 하고나자 MC의 본분을 지키려는 듯 유재필이 마치 세계 타이틀전의 링아나운서처럼 소리를 질렀다.

"한국이 낳은 자랑스러운 월드 스타. 수많은 팬을 보유한 절세 미남, 신의 목소리를 가진 남자. 이병웅 씨를 소개합니다!"

당연히 시청자들에게 하는 소개다.

텔레비전 프로그램이니 의도적으로 시청자를 의식한 소개였으나 멤버들과 스태프들의 입에서 환호성과 박수가 터져 나왔다.

특히 여자 스태프들은 꺅꺅거리며 비명을 질렀는데, 실제 이병웅을 본다는 게 믿기지 않는 표정들을 짓고 있었다.

"이병웅 씨, 전 국민이 이병웅 씨의 근황에 대해서 궁금해하고 있습니다. 먼저 간단하게 시청자 여러분께 인사 말씀 해주시겠습니까?"

"안녕하세요, 이병웅입니다. 오랜만에 인사드립니다. 학교를 졸업하고 돌아온 후 신곡을 준비하느라 제대로 된 인사를 드리지 못했습니다. 앞으로 좋은 노래로 찾아뵙도록 하겠습니다."

"이병웅 씨, 혹시 우리 프로그램이 어떤 프로그램인지 알고 계시나요?"

"그럼요, 저도 대단한 도전의 팬인걸요."

"예? 정말이세요?"

"시간이 날 때마다 빼놓지 않고 꼭 챙겨 봅니다. 저는 박용수 씨의 팬이에요. 호가 버럭이시라면서요?"

이병웅이 평소답지 않게 눈치 보고 있는 박용수를 향해 고개를 돌려 환하게 웃어 주었다.

그러자, 박용수는 금방 이빨을 드러내며 감격스러운 표정을 지었다.

"너희들 봤지, 봤지. 이병웅 씨가 내 팬이라잖아. 이것들아 난 너희들과 격이 다른 사람이야. 감사합니다. 병웅 씨. 아이고, 영광입니다!"

이병웅은 부담스러움이 역력했던 멤버들을 간단한 농담 한 마디로 무너뜨렸다.

본격적인 토크가 이루어진 건 방송국에서 통째로 빌린 카페에 도착한 후부터였다.

마침, 점심시간이었기에 김충호는 카페가 자랑하는 코스 요리를 시켜 놨는데, 이병웅을 둘러싼 멤버들은 유재필이 토크를 진행할 동안 음식에 손을 대지 못했다.

"저기요, MC님 일단 먹으면서 하시죠. 배고파요."

작년에 벌어진 유럽 콘서트에 대해 대답하던 이병웅이 입맛을 다시자 박용수가 기다렸다는 듯 소리를 질렀다.

"그렇죠, 예. 음식 놔두고 제사 지내는 건 절대 안 되죠."

"옳소."

본격적인 식사가 시작된 후 멤버들이 돌아가면서 질문을 했다.

묻는 것도 많았고 종류도 다양했다.

외국 방송에서 화제를 몰고 온 열성 팬들에 관한 것, 빌보드 차트를 석권했던 것, 펜실베이니아 학교생활 등에 관한 질문들이 멤버들의 입을 통해 흘러나왔다.

이병웅의 그들의 질문에 농담을 섞어 가며 재밌게 답변을 했다.

어차피 출연한 이상 자신의 모습을 보고 싶어 하는 시청자와 프로그램에 재미를 선사하고 싶었다.

어색했던 분위기는 이병웅이 농담을 계속 이어 나가자 완전히 풀렸다.

"우와, 병웅 씨. 엄청 잘 드시네요. 그 큰 스테이크 다 어디 갔어요. 우린 반밖에 못 먹었는데?"

"제가 식성이 좋아요."

"그렇게 먹는데 살이 안 쪄요?"

"하하……."

"병웅 씨의 완벽한 몸매는 정말 유명하죠. 식사 자리라서 조금 그런데 시청자분들을 위해 한번 슬쩍 보여 주실 수 있나요?"

유재필의 제안에 이병웅이 어색한 웃음을 지었다.

오죽하면 멤버들까지 뭐 하는 짓이냐며 유재필을 말렸을까.

하지만 이번 질문은 '창공' 쪽에서 먼저 제안한 것이었다.

"밥을 먹어서 배가 볼록해졌어요."

"괜찮습니다. 우린 인간적인 모습을 원하거든요."

슬쩍 거절하는 시늉을 하자 유재필과 멤버들이 자리에서 벌떡 일어나며 성화를 했다.

이병웅의 말투에서 가능성을 확인했기 때문이었다.

결국 일어나 티를 슬쩍 걷어 올렸다가 내렸다.

그것만으로 충분하다.

완벽하게 드러난 식스팩.

식사를 한 직후임에도 이병웅의 복근은 생생하게 살아서 꿈틀거리고 있었다.

"아이고, 이게 밥 먹은 후의 배란 말입니까. 세상에 어떻게 이런 일이 생길 수 있지?"

"병웅 씨, 비법이 뭐예요. 도대체 어떻게 해야 그런 복근을 유지하는 거죠. 혹시 계속 운동하는 건가요?"

"그걸 말이라고 해. 운동 안 하면 저런 몸매를 어떻게 유지하겠어. 안 그래요, 병웅 씨?"

"병웅 씨, 운동은 하루에 몇 시간씩 하세요. 혹시 전문 트레이너의 도움을 받는 건가요?"

난리도 아니다.

슬쩍 보여 준 복근 하나로 멤버들은 돌아가면서 거품을 물어댔다.

그때 이병웅이 웃는 얼굴로 슬며시 입을 열었다.

"저는 특별히 운동하지 않습니다. 대신, 매일 이 신발을 신고 다니죠."

"그게 무슨 말씀이세요. 운동화하고 몸매하고 무슨 상관이 있어요?"

"이 운동화는 다이어트 신발인데 계속 신다 보니 살이 저절로 빠지더라구요. 특별히 다른 운동을 하지 않아도 몸매를 유지할 수 있어 항상 신고 다녀요."

카메라에 잘 보이도록 이병웅이 '헤르메스'를 슬쩍 들자 멤버들이 너도나도 운동화를 노려보며 침을 흘렸다.

"정말입니까?"

"그렇지 않아도 디자인이 멋있어서 물어보려고 했는데, 이게 다이어트 신발이란 말이에요?"

"어디 제품이에요. 운동화 이름이 뭐죠?"

"이거 신으면 정말 살 빠져요?"

운동화 이야기 나오고 나자 멤버들이 난리를 피웠고 촬영하던 스태프들까지 슬금슬금 다가와 확인하느라 북새통을 이루었다.

완벽한 몸매를 가진 이병웅이 즐겨 신는 신발.

저절로 다이어트가 된다는데 어떤 사람이 궁금하지 않겠는가.

하지만 신발에 관한 이야기는 이병웅이 자신의 운동화를 의자 밑으로 숨기며 화제를 돌림으로써 금방 끝이 났다.

*   *   *

'대단한 도전'에 이병웅이 출연한다는 사실은 수많은 화제를 생산했다.

'대단한 도전' 프로그램 특성상 일반 사람들은 거의 도전 자체가 불가능한 일들을 추구했음에도 진짜 이병웅을 섭외하리라 예상한 사람은 많지 않았다.

그럼에도 방송국에 수시로 전화하고 박용수의 호언장담에 기대감을 나타낸 건 그만큼 이병웅의 출연을 간절히 원했기 때문이었다.

대단한 도전의 정규 방송이 되던 날.

서영환은 몰려든 딸들과 아내로 인해 소파에서 밀려났다.

딸들은 대학생이 된 후부터 얼굴보기 힘들었고 주말이 되면 당연히 놀러 나갔는데, 오늘은 어쩐 일인지 집에서 꼼짝하지 않았다.

저녁 식사를 끝내면 저희들 방으로 쏙 들어가던 딸들이 소파로 몰려들었고, 아내마저 설거지를 듬성듬성 끝낸 후 엉덩이를 내밀었기 때문에 분하지만 어쩔 수 없이 소파를 포기하고 물러섰다.

"이병웅이 그렇게 좋냐. 왜 안 하던 짓을 하고 그래?"

"호호, 오랜만에 보잖아. 평소에는 못 보니까 이번에 실컷 봐 둬야지."

"희연아, 넌 남자 친구도 있으면서 왜 이병웅을 좋아하니. 네 남자 친구가 알면 서운하지 않을까?"

"아빠, 아빠 엄마가 있는데, 왜 저번에 황수인이 예쁘다고 말했어?"

"얘 봐, 내가 언제!"

서영환이 급히 아내의 눈치를 보면서 딸의 급습을 방어했다.

그러나 이미 아내의 도끼눈은 자신의 전신을 훑고 있는 중이었다.

"그런 거라고요. 병웅 오빠는 매력덩어리잖아. 노래도 끝내주지, 번 돈 남들한테 펑펑 나눠 줄 정도로 착하지. 잘생겼지. 그런데 어떻게 안 좋아해."

"알았다, 그 말 취소."

"엄마가 저런 눈으로 째려봐도 사실 속으로는 이해해 줄 거야. 엄마도 이병웅을 엄청 좋아하거든."

오랜만에 올망졸망 모여 앉아 가족들이 웃고 떠들었다.

확실히 여자들만 있는 집이라 그런지 화면을 통해 이병웅이 나타나자 단박에 난리법석이 일어났다.

그가 입은 옷 스타일에 대해 토론이 벌어졌고, 이병웅의 작은 농담하나에도 박장대소가 터져 나왔다.

저게 뭐가 웃겨?

내가 더 재밌는 농담을 할 때도 춥다면서 양어깨를 쓸어내리더니 이병웅의 작은 농담에 격렬히 반응하는 딸들과 아내를 확인하자 묘한 배신감이 끓어올랐다.

그럼에도 확실히 월드 스타는 월드 스타다.

이병웅은 세계가 인정해 주는 빅스타답게 대단한 도전 멤버들의 질문을 받아넘겼는데, 어디하나 시비를 걸기 힘들 만큼 단어 하나하나에 신경을 쓰며 답변을 했다.

결코 미워할 수 없는 인간.

하긴, 지금까지 이병웅이 불우한 사람을 위해 내놓은 기부

금만 해도 몇 백억이 된다니 천사가 따로 없다.

그랬기에 많은 사람들이 그를 좋아하는 것이겠지.

딸들의 눈이 화면에서 떨어질 줄 모르다가 텔레비전 앞으로 다가간 것은 이병웅의 입에서 말도 안 되는 이야기가 튀어 나왔을 때였다.

뭐라고, 신고만 다녀도 살이 빠져!

정말 어이없는 일이다. 세상에 그런 게 어디 있어?

"언니, 우리 무조건 저거 사자. 나 요즘 살쪄서 고민이었는데 잘됐다."

"호호… 다음 달 성민 오빠 생일인데, 저거 선물해야지."

큰딸이 남자 친구 생일 선물을 먼저 챙기자 서영훈의 얼굴이 일그러졌다.

이래서 딸들은 키워 봤자 소용없다는 말이 목구멍까지 넘어오는 걸 간신히 참았다.

그때 아내가 자신을 바라보며 한마디 던졌다.

"당신 건 내가 사 줄게. 혹시 알아? 그 똥배 저거 신으면 없어질지 모르잖아."

*　　　　*　　　　*

대단한 도전이 방송된 후 단연 화제는 이병웅이 말했던 다이어트 신발이었다.

잠시에 불과한 주제였으나 사람들은 이병웅의 신발이 어디서 만든 건지 확인하기 위해 몸살을 앓았는데 인터넷이 온통 그 이야기뿐이었다.

'헤르메스'가 본격적으로 생산 판매를 시작한 것은 대단한 도전이 방송된 후 보름이 지났을 때부터였다.

특별한 광고도 하지 않았다.

단지, 인터넷을 통해 대단한 도전에서 신었던 다이어트 신발이 바로 '헤르메스'라는 것만 알려 줬을 뿐인데도 '헤르메스'를 찾는 사람으로 인해 '포세이돈'은 폭탄을 맞은 것처럼 정신이 없었다.

처음부터 이병웅과 정설아는 '헤르메스'의 판매를 인터넷 쇼핑몰로 국한시켰다.

판매망을 최대한 좁혀 원가를 절감하자는 '이지스' 윤명호 사장의 의견을 받아들인 것이다.

사업이란 게 그렇다.

성공할 확률이 크다 해도 처음부터 무리하게 사업을 확장하게 될 경우 치명적인 손해를 볼 수 있으니, 그의 판단은 현명한 것이라 봐야 했다.

하지만 '포세이돈'의 쇼핑몰 서버 망이 수시로 다운되면서 그들은 자신들의 판단이 잘못된 것이란 걸 알았다.

주문을 하는 사람은 처음엔 한국인이 대부분이었지만, 금방 전 세계로 퍼져 나가며 엄청난 숫자가 동시 접속 했기 때문에 서버 망 확장이 수시로 필요했다.

　그러나 진짜 폭탄이 터진 건 이병웅이 출연한 '헤르메스' 광고가 본격적으로 방송되기 시작된 후부터였다.

　"5대 백화점이 전부 입점해 달라는 요청을 해 왔어. 입점비는 안 받고 공짜로 점포를 열 수 있도록 해 주겠대. 대형 마켓들도 마찬가지고."

　"좋은 조건이네."

　"병웅 씨 생각은 어때? 광고가 시작되고 불과 한 달 만에 80만 개가 판매되었어. 백화점과 대형 마켓에 들어가면 아마 판매량은 훨씬 증가될 거야."

　당연한 말이다.

　최근 들어 온라인 쇼핑이 대세로 자리 잡고 있지만, 기존 유통망을 추월하기엔 아직 시간이 필요하다.

　더군다나, 주문을 하고 상품을 받을 때까지 20일 이상 걸렸기 때문에 구매자들의 불만이 터져 나오는 상황이었다.

　백화점이나 대형 마켓이 공짜로 입점을 제안한 것은 폭발적 인기를 끌고 있는 '헤르메스'를 입점시켜 고객을 유치시키겠다는 전략이다.

　누이 좋고 매부 좋고.

거절할 이유가 전혀 없다.

"백화점 정도는 괜찮겠네."

"대형 마켓은?"

"우리 브랜드의 가치를 지키기 위해서는 백화점으로 한정하는 게 좋을 것 같아. 파는 곳이 적어야 귀하거든."

"외국은, 지금 미국을 비롯해 유럽, 아시아의 바이어들이 포세이돈 측에 수출 계약을 맺자고 아우성이야."

"바이어들은 필요 없어. 우린 직거래가 원칙이니까 윤 사장님한테 외국의 유명 백화점들과 계약을 추진해 보라고 해."

"통할까?"

"충분히. 오히려 그들이 더 안달 나서 덤빌 거야. 절대 끓릴 필요 없어. 걔들 아니라도 충분히 팔아 먹을 수 있잖아."

그렇다, 괜찮다.

지금까지의 매출액만 따져도 2,000억이 넘었다.

'헤르메스'가 출시된 후 불과 70일 만에 기록된 실적이었는데, 공장이 풀가동되었지만 주문을 맞추지 못하는 상태였다.

'헤르메스'의 가격은 일반 신발보다 훨씬 비쌌다.

다이어트 신발이란 특수성을 감안하고라도 고가품이란 이미지를 형성시키기 위해 취한 전략이었다.

당연히 위험한 전략이었지만 이병웅은 그 전략이 통할 것이라 확신했고 성과가 눈으로 나타나는 중이었다.

"공장 증설은?"

"정풍과 인수 절차를 밟고 있어. 거기만 인수하면 어느 정도 물량은 확보할 수 있을 거야."

"최대한 빨리 추진하는 게 좋겠어. 상품이 없어서 팔지 못하면 안 돼."

*   *   *

'헤르메스'의 인기는 가공할 지경이었다.

'헤르메스'를 신었던 사람들은 체중이 빠졌다는 걸 인터넷에 증명하기 시작했는데, 신기 전후의 사진까지 올려 진짜 효과가 있다는 것을 확인시켜 주었다.

그런 사례들은 워낙 많아서 인터넷에 접속만 하면 금방 눈에 띌 정도였다.

불과 6개월이 지났을 때 '헤르메스'의 판매량은 700만 개에 육박했는데, 그중 반은 외국인들이 구입한 것이었다.

포세이돈은 미국을 비롯해서 세계 20개국의 백화점과 납품 계약을 추진 중이었고, 그중 5개국과는 협상이 완료된 상태라 다음 달부터 수출이 진행될 예정이었다.

지금까지의 상황으로 봤을 때 '헤르메스'를 수입하려는 국가는 점점 늘어날 것이고 그리되면 판매량은 지금보다 훨씬 증가될 것이다.

어느 정도 성공할 거란 예상은 했지만, 단기간 만에 폭풍적인 성장세를 거듭하자 모든 언론이 포세이돈을 주목했다.

오죽하면 타임지에서 향후 주목해야 할 10대 신제품으로 '헤르메스'를 올려놨을까.

*　　　　*　　　　*

'아테네'에서 꿈의 코팅제 'XF-7'을 완성한 것은 이병웅이 콘서트를 마무리 짓고 돌아온 2012년 6월이었다.

작년 남미 콘서트에 이어 금년엔 2달에 거쳐 일본, 중국 등 5개국에서 콘서트를 열었는데 이번에도 그의 콘서트는 숱한 화제를 뿌리며 성공리에 끝났다.

이병웅은 정설아와 함께 직접 시현회에 참석하자 '아테네'를 이끌고 있는 정호영 박사는 긴장감을 숨기지 못했다.

그는 아네테의 수장이었기에 본사인 '이지스' 위에 '제우스'란 투자 집단이 있다는 걸 처음부터 알고 있었다.

모든 투자금이 거기서 나오고 있었으니 '제우스'를 이끄는 정설아가 실질적인 힘의 원천이라 생각했지만, 2년 반전 이병웅이 실험장에 다녀간 후 윤명호로부터 그가 '제우스'의 진짜 주인이란 걸 듣고 나서 기절할 정도로 놀랐다.

평택에 있는 자동차 시험장에는 6대의 차량이 준비되어 있었다.

모든 승용차는 정도만 다를 뿐, 먼지가 새까맣게 덮여 있었는데 정호영 박사는 이들 차량이 1주일부터 길게는 3개월까지 외부에서 방치된 상태로 준비된 차량이라 설명했다.

정호영 박사의 제품 개발에 관한 설명이 끝난 후 본격적인 시현회가 시작되었다.

"회장님, 실험 차량의 운전 속도는 60㎞/h, 주행 시간은 15분입니다. 잠시 후면 놀라운 장면을 보시게 될 겁니다."

정호영 박사의 지시에 따라 준비된 드라이버들이 차량에 탑승한 후 트랙을 돌기 시작했다.

6대가 일정한 간격을 둔 채 주행했는데, 그 더러웠던 차량들이 시간이 지날수록 점점 변하는 게 눈으로 보일 정도였다.

정말 놀라운 광경.

15분이 지난 후 차량이 모두 정지했을 때 먼지로 잔뜩 더럽혀져 있던 승용차들이 삐까번쩍한 새 차로 변해 있었다.

기적이다.

단지 운전하는 것만으로 불순물이 바람에 날려 사라진 광경은 바다가 갈리는 것과 비슷한 충격을 주었다.

"정말 대단하군요."

"액체 상태에서 남은 흔적을 지우느라 꽤 많은 시간이 흘렀습니다. 너무 늦게 완성되어 죄송합니다."

"죄송하다니요. 세계를 발칵 뒤집어 놓을 발명품이 완성되었는데 그게 무슨 말씀입니까. 정 박사님, 정말 고생하셨습니다."

4년여 만의 결실.

국내 최고의 연봉을 주면서 화학의 천재들을 끌어모았고, 연구비로만 600억이 투입되었다.

연구진들의 연봉까지 감안한다면 훌쩍 1,000억이 넘었으니 대규모의 프로젝트였다.

별거 아니라고?

4년 동안 한 푼도 벌지 못하는 회사에 1,000억을 때려 박는 투자자가 어디 있겠나.

그것도 성공 보장이 없는 연구에 그 정도 거액을 투자한다는 건 무모한 짓이나 다름없으니 '제우스'가 없었다면 'XF-7'은 세상 구경을 못 했을 것이다 .

"윤 사장님."

"예, 회장님."

"곧바로 본격적인 생산 라인을 가동시키세요. 얼마가 들어도 상관없으니 제품 생산 공장을 최첨단으로 만들었으면 좋겠습니다. 직원들이 쾌적한 환경에서 일할 수 있도록. 아시겠죠?"

"걱정하지 마십시오. 제가 직접 챙기겠습니다."

"얼마나 걸릴까요?"

"이미 용지는 확보되었고, 공장 건물은 매입한 상태라 본격적으로 제품을 생산하는 건 오래 걸리지 않습니다. 저는 6개월 정도면 충분할 거라 생각하고 있습니다."

*　　　*　　　*

정문자동차의 사장 정병국은 임원 회의를 마친 후 집무실로 올라가 눈을 감았다.

회사의 미래가 보이지 않는다.

현재 자동차 시장은 정문자동차에 최악이나 다름없었다.

그동안 애국심에 호소하며 독점적 지위를 영유했던 국내시장은 고가 외국 자동차가 속속 파고들며 갉아먹는 중이었고, 외국시장 또한 독일과 일본 자동차에 밀려 고전을 면치 못하는 상태였다.

더군다나, 미래 전략에서조차 밀린다.

외국의 유수한 자동차 회사들은 이미 전기 차를 개발해서 완성품을 내놓고 있는 상황이었으나, 정문자동차는 현실에 안주하며 투자 시기를 놓쳤기 때문에 향후의 시장도 불투명했다.

뒤늦게 수소 차 개발에 뛰어들었지만 전기 차에 비해 얼마나 경쟁력이 있을지 자신할 수 없었다.

수소 차는 전기 차에 비해 기술 개발이 한참 늦었고, 효율성면에서도 확실한 우위에 있지 않았다.

그럼에도 정문자동차가 수소 차에 올 인 할 수밖에 없었던 것은 전기 차에 관한 특허들을 대부분 외국의 유수한 자동차들이 선점했기 때문이었다.

'똑, 똑!'

문에서 노크 소리가 들린 건 지끈거리는 머리를 달래기 위해 숨겨 놓은 애인 윤명주에게 메시지를 날릴 때였다.

윤명주는 신인 탤런트로 6개월째 사귀고 있었는데, 어린애답지 않게 밤 기술이 뛰어나 예뻐하는 중이었다.

"회장님, '제우스'의 윤명호 사장님이 찾아오셨습니다."

"벌써 시간이 그렇게 됐나?"

"오후 3시 약속이었습니다. 5분 빨리 도착하셨는데 기다리라고 할까요?"

"아냐, 됐어. 들어오라고 해."

윤명호는 산자부차관 시절 여러 번 만난 사이였다.

아버지인 왕 회장을 따라 식사도 여러 번 했는데 그가 정문자동차에 미치는 영향이 상당했기 때문이다.

예나 지금이나 사업하는 사람들은 고위층과 긴밀한 관계를 맺지 않으면 사업하기가 어렵다.

"어서 오십시오, 차관님. 그동안 잘 지내셨습니까?"

"정 사장님, 오랜만에 뵙습니다."

"앉으시죠."

상석에서 물러나 윤명호의 맞은편에 앉은 정병국이 만면에 웃음을 띠며 정중하게 인사를 했다.

비록 몇 년 전 차관에서 물러났어도 그의 수족들은 여전히 산자부에 건재하기 때문에 홀대를 한다는 건 바보짓이다.

"예전에는 가끔 가다 식사도 했는데 격조했습니다. 죄송합니다."

"별말씀을. 그건 저도 마찬가지죠. 몸이 멀어지면 마음도 멀어지는 게 세상 이치지 않습니까."

"퇴직하시고 회사를 맡아 운영한다는 소문은 들었습니다."

"그렇습니다. '이지스'라고 산하에 몇 개 회사를 관리하는 중소기업입니다. 혹시 포세이돈이라고 들어 봤는지 모르겠네요."

"헉! 포세이돈이 이지스 계열이란 말입니까!"

정병국의 안색이 대번에 허옇게 변했다.

포세이돈이라면 그도 최근에 귀가 따갑게 들은 회사기 때문이었다.

불과 1년 만에 매출액 1조 신화를 달성한 괴물 기업.

더군다나 그 확장세가 무서울 정도로 팽창되어 금년 매출액은 2조에 육박할 것이라 예측되고 있었다.

자세를 고쳐 앉았다.

정문자동차를 상대로 콩고물이나 주워 먹으러 왔다고 생각했는데, 포세이돈이란 말이 나오자 그런 생각이 순식간에 날아갔다.

한동안 포세이돈이 만들어 낸 '헤르메스'의 신화에 대해서 이야기를 주고받았다.

워낙 기업들 사이에서 화제가 되고 있는 '헤르메스'의 판매 전략은 정문자동차 측에서도 분석할 만큼 효율적이었기 때문이었다.

얼마나 시간이 지났을까.

화제를 먼저 돌린 건 윤명호였다.

"사장님, 오늘 저는 사업 이야기를 하려고 왔습니다. 상당히 흥미로운 이야기를 할 테니 들어 주시기 바랍니다."

제32장
가치의 상승

정병국은 윤명호의 입에서 사업 이야기가 나오자 의아한 표정을 지었다.

'포세이돈'에서 생산하는 건 신발이었으니 자동차와는 아무런 연관이 없었기 때문이었다.

"궁금하군요. 어떤 건지 말씀해 보시죠."

"우리 자회사 중 '아테네'란 회사가 있습니다. 거기서 차량용 코팅제를 개발했는데, 정문자동차에 상당한 도움이 될 것 같아서 왔습니다."

"코팅제요?"

정병국의 얼굴이 슬쩍 변했다.

무슨 소린지 단박에 이해가 되었지만 입꼬리가 슬쩍 올라갔다.

정문자동차는 오랜 역사가 증명하듯 수많은 협력 업체들이 존재했으며 그들과의 관계는 신뢰로 이루어져 있었다.

아무리 윤명호가 과거 산자부차관까지 지냈고 아직 영향력이 크다 해도 받아들이기 힘들다는 판단이 들었다.

그랬기에 그는 침중한 목소리로 입을 열었다.

"차관님, 아시겠지만 저희 회사는 오랫동안 거래해 온 협력사가 있습니다. 마음 같아서는 도와드리고 싶으나 아무래도 거래처를 바꾸는 건 어려울 것 같습니다."

"저희가 개발한 건 단순한 코팅제가 아닙니다. 일단 보시고 판단하시죠?"

"뭘 보란 말씀입니까?"

"꿈의 코팅제 'XF-7'은 세차가 필요 없는 자동차를 구현해 주는 신기술입니다."

"세차가 필요 없다고요!"

"그렇습니다. 이 동영상을 보시면 금방 이해하실 수 있을 겁니다."

윤명호가 가방에서 노트북을 꺼낸 후 동영상 파일을 실행시켰다.

거기엔 시현회에서 찍었던 자동차들이 주행을 통해 완벽하게 불순물이 제거되는 과정을 담고 있었다.

처음엔 시큰둥한 표정이었던 정병국의 얼굴이 점점 놀라움으로 변해 가다가 기어코 신음 소리를 냈다.

"이게… 정말입니까. 혹시?"

"정 사장님, 제가 산자부 차관까지 지낸 사람입니다. 설마 금방 드러날 거짓말로 사장님을 속이겠습니까?"

"허어, 허… 너무 놀라서 그만 실언을 했습니다."

날카로운 눈빛을 빛내는 윤명호를 바라보며 정병국이 급히 사과를 했다.

사업가다.

오랜 시간 거대 기업을 운영해 온 관록이 제품을 보는 순간, 그의 머리를 무섭게 회전시켰다.

마치 벼락을 맞은 것 같은 충격.

만약 이런 코팅제가 개발된 게 사실이라면 자동차 시장은 일대 변혁을 맞이하게 될 것이다.

"언제… 언제 개발된 겁니까?"

"5개월 전에 개발되었습니다. 이 제품을 개발하기까지 무려 5년 가까운 시간이 걸렸습니다. 투자된 금액만 해도 3,000억이 넘었죠. 이게 '아테네'의 공장입니다. 저희는 소규모 구멍가게가 아닙니다."

노트북에서 화면이 넘어가며 상당한 규모의 최첨단 시설이 나타났다.

물론 자신들이 보유한 자동차 공장과는 비교할 수 없는 규모였으나, 화학제품을 생산하는 공장으로는 규모가 상당했다.

꿈의 신기술.

이것만 잡을 수 있다면 고전하고 있는 정문자동차를 도약시킬 수 있다는 판단이 들자 정병국의 입술이 달달 떨렸다.

"이거 저희들에게 주십시오. 무조건. 진짜 효과가 있다면 저희가 독점으로 납품을 받고 싶습니다."

"독점으로요?"

"그러기 위해 저희들한테 온 거 아닌가요?"

"사장님, 욕심도 많으시군요."

"차관님, 다른 회사들에게 전부 판매한다면 정문자동차가 무슨 이익이 있겠습니까. 당연히 특허권을 가지고 있을 테니 그 비용을 포함해서 최상가로 저희가 납품받겠습니다. 그러니 저희 쪽과 계약하시죠."

정병국이 바짝 달아오른 표정으로 말하자 윤명호의 얼굴에서 희미한 미소가 피어올랐다.

"정 사장님, 뭔가 착각하시는 것 같군요."

"무슨 말씀이신지?"

"우리 제품은 정문자동차만을 위해 그동안 죽을힘을 다해

개발한 게 아닙니다. 그리고 이 제품을 사용하지 않는 자동차
가 살아남을 거라 생각하십니까?"

날카롭게 눈을 빛내며 윤명호가 말을 마치가 정병국의 입
에서 짐승 같은 신음성이 흘러나왔다.

싸늘하다.

그의 말대로 정문자동차를 제외한 다른 회사들이 이 제품
을 쓴다면 정문자동차는 단박에 꼬꾸라질 가능성이 컸다.

기업은 이익에 의해 움직인다.

거대한 투자를 통해 황금 알을 낳은 거위를 개발했으니 '아
테네' 쪽에서는 전 세계를 상대로 영업을 하는 게 당연하다.

그럼에도 독점 운운했던 건 그만큼 욕심이 앞섰기 때문이
었다.

"제가 말씀을 잘못 드렸군요. 저희들에게도 기회를 주십시
오. 그리고 가능하면 저희들에게 먼저 납품을 해 주시면 고맙
겠습니다."

"자, 이제 분위기가 무르익었으니 본격적으로 대화를 나눠
보죠. 저희 제품은 자동차 한 대당 코팅 비용을 100만 원으
로 책정하고 있습니다. 보름 후부터 본격적으로 제품이 생산
되니까 금방 자동차에 적용시킬 수 있습니다."

"100만 원이라고요. 그런 말도 안 되는……."

"현재 적용되는 코팅 금액을 염두에 두고 하시는 말씀이라

면 저는 그냥 일어나겠습니다."

"그게 아니고… 잠시 생각할 시간을 주십시오."

정병국이 급하게 윤명호를 잡으며 당황한 표정을 지었다.

대당 100만 원.

정말 엄청난 단가다. 자동차 한 대에 들어가는 코팅 비용으로는 상상하지 못할 정도로 컸지만, 정병국은 안 된다며 거절하지 못했다.

'XF—7'이 시장에 주는 충격은 단순히 단가를 가지고 판단할 수 없는 것이기 때문이었다.

그때, 윤명호의 이가 하얗게 드러났다.

"그럼 지금부터 저희 회장님의 전언을 말씀드리겠습니다. '이지스' 그룹의 회장님께서는 정문자동차가 계약에 응하면 2년간 독점적 지위를 인정하겠다는 말씀을 하셨습니다."

"그게… 정말입니까!"

"회장님께서는 정문자동차가 대한민국 경제에 차지하는 공헌도를 인정해 주셔야 한다며 그런 결정을 내리셨습니다. 그러니 빠른 시간 내에 결정을 해 주십시오."

"한성자동차도 적용되는 건가요?"

"그렇습니다. 정문자동차와 한성자동차는 한몸인데 따로 적용할 일은 아니죠."

정병국의 얼굴이 흥분으로 붉게 물들었다.

2년의 독점적 지위.

그게 사실이라면 정문과 한성자동차는 순식간에 세계시장을 석권할 가능성이 컸다.

"회장님이라면 누구신지?"

"포세이돈에서 만들고 있는 '헤르메스'와 'XF—7'의 실질적인 주인이십니다. 실명은 말씀드릴 수 없다는 점 양해해 주시기 바랍니다."

"감사합니다. 정말 그렇게만 해 주신다면 곧 실무진을 파견해서 제품을 확인하고 계약을 채결토록 하겠습니다."

"저는 바빠서 그만 일어나야겠군요. 그럼 안녕히……."

          *   *   *

이병웅은 최근 들어 호텔에 머물렀다.

일주일마다 '창공'은 5성급 호텔를 잡아 이병웅이 머물도록 해 줬는데 전부 공짜였다.

못 모셔서 안달이다.

호텔들은 월드 스타인 이병웅을 서로 모시기 위해 오히려 '창공' 쪽에 로비를 할 정도였다.

"병웅 씨, 윤 사장한테 전화가 왔는데 정문 쪽하고 계약이 되었대. 그런데 정문 쪽에 독점권을 2년이나 준 게 사실이야?"

"응."

"말도 안 돼. 작년 기준으로 전 세계에서 생산하는 자동차 대수가 1억 대야. 정문, 한성을 합쳐서 우리나라 기업들이 생산하는 건 천만 대가 안 된다고. 그런데 왜 2년이나 손발을 묶어 둬?"

"그럴 만하니까."

"아우, 답답해. 윤 사장 말로는 대한민국 경제 때문이라며? 병웅 씨 도대체 왜 그래. 병웅 씨, 우린 돈을 버는 사람들이잖아. 투자가의 제일 덕목은 돈을 많이 버는 거지, 애국심이 아니라고!"

"자동차가 우리나라 경제에 미치는 영향 때문만은 아냐."

"그럼?"

"'XF-7'은 '헤르메스'와 달라서 우리가 직접 광고할 수 없어. 무슨 뜻인지 몰라?"

이병웅이 웃으며 대답하자 잠깐 멈칫하던 정설아의 입에서 앓는 소리가 새어 나왔다.

잠깐의 힌트에서 이병웅이 원하는 바를 읽었기 때문이었다.

"정문자동차를 이용해서 판매망을 늘리려는 작전이었구나."

"더불어, 효과도 검증시켜야지. 2년이면 우리 제품이 어떤 폭발력을 가졌는지 전 세계가 알게 될 거야."

"대단해, 병웅 씨는 세상에서 둘도 없는 여우야."

"차라리 늑대라고 불러 줘. 여우는 누나처럼 예쁜 토끼하고 안 어울려."

"하긴 그렇지. 자긴 중요한 땐 야수로 변하니까."

"이렇게?"

이병웅이 탁자에 마주 앉아 있던 정설아를 불끈 들어 올려 침대로 데려갔다.

갑작스러운 행동에 그녀의 입에서 비명이 터졌으나 이병웅은 개의치 않고 그대로 몸을 포개갔다.

그녀를 안은 지 벌써 한 달이 되었다.

'제우스'의 인원은 이제 50명에 달했고 운용하는 자금만 4조 원에 육박하면서 그녀는 정신없이 바빴다.

하지만 더 큰 이유는 이병웅이 호텔에 머물렀기 때문이었다.

그녀는 누구보다 이병웅의 스캔들에 신경 썼기에 가급적 호텔로 찾아오지 않았다.

깊고 깊은 키스.

그녀는 유독 키스에 약하다.

키스를 하면 온몸이 풀리면서 손길 하나마다 반응을 해 왔다.

여자들은 많다.

예쁜 여자, 몸매가 좋은 여자, 매력이 넘치는 여자, 현명한 여자.

하지만 정설아는 그 모든 것을 가진 여자다.

관계를 가질 때마다 그녀는 청순한 소녀와 색기로 충만한 요녀의 두 모습을 번갈아 보여 주었다.

처음에는 수줍음에 어쩔 줄 모르다가 어느 순간이 되면 그녀는 이병웅의 움직임에 보조를 맞추며 마음껏 쾌락을 탐했다.

오늘도 마찬가지.

얼마나 격렬하게 움직였는지 그녀의 온몸은 땀으로 젖어 반들거렸다.

이병웅이 노트북을 연 것은 샤워를 마치고 정설아가 맥주를 가져왔을 때였다.

"누나, 내가 재밌는 것을 발견했어."

"뭔데?"

"바로 이거야."

노트북을 건네주자 정설아가 맥주를 홀짝거리며 시선을 떼지 못했다.

그녀로서는 처음 보는 내용이 담겨 있었는데 바로 비트코인에 관한 것이었다.

"중앙은행을 거치지 않고 개인 간의 거래로만 이뤄지는 신개념 화폐라. 이게 가능한 거야?"

"'나카모토 사토시'라는 사람은 신용화폐의 생명이 얼마 남지 않았다면서 언젠가는 화폐가 중앙은행에서 독립되어 분산될 것이라는 생각을 가졌다네."

"웃겨. 개인이 채굴할 수 있다고 되어 있잖아. 이런 게 어떻게 화폐의 기능을 할 수 있어?"

"맞아, 웃긴 일이지. 하지만 생각을 달리하면 충분히 가능한 일이야. 인간의 역사를 되돌아 봐. 언제부터 중앙은행이 인간의 거래를 통제했지. 그 역사는 오래되지 않았고 지금 쓰고 있는 신용화폐도 그 역사는 불과 40년밖에 되지 않았어."

"새로운 정보라는 건 인정. 그런데 이게 뭐가 재밌어?"

정설아가 두 눈을 반짝이며 물었다.

이병웅은 타고난 투자가다.

그저 새로운 정보라고 해서 이렇게 많은 자료를 수집했을 리가 없었다.

"내가 비트코인에 대해서 알게 된 건 두 달 전이야. 그때부터 유심히 비트코인에 대해 관찰했는데 흐름이 심상치 않았어."

"어떤 흐름?"

"2010년 7월 마운틴 독에서 거래가 최초 시작되었을 때 비트코인 개당 가격은 0.06달러였어. 그런데 지금 얼만지 보세요."

"헉! 7달러네. 그럼 얼마나 상승한 거야. 우와, 116배?"

"우리 누나, 너무 놀라서 그 옆에 그래프는 보이지 않는 모양이네."

이병웅이 웃으며 도표를 가리키자 정설아가 입을 벌린 채 시선을 고정시켰다.

그녀는 증권가에서 철의 마녀로 불린 여자다.

그랬기에 그래프를 확인한 정설아의 표정이 급격히 굳어졌다.

"최고가가 32달러. 누군지 모르지만 엄청 흔들었구나. 최근 들어서 계속 흔드는 중이고."

"그렇지?"

"하지만 확신할 수 없어. 비트코인의 상황을 정확히 알지 못한다면 이게 누군가 흔든 거라고 단정 지을 수 없어."

"거래량을 보고도 그런 소리가 나와?"

"음······."

정설아의 입에서 다시 한번 신음 소리가 흘러나왔다.

이병웅이 가리킨 곳의 거래량이 특이점을 형성하며 지속되었기 때문이었다.

최저점에서 누군가 쓸어 담은 흔적이 역력했고, 고점에서는 매물을 출회시켜 하락시킨 게 분명했다.

"이걸 보니까 확실하네. 누군가 비트코인을 쓸어 담고 있어."

"누나 생각은 어때?"

"흥미는 가. 하지만 여기에 투자하겠다는 생각은 하지 마. 대충 봐도 이건 아사리판이야. 아무 필요도 없는 걸 만들어 놓고 투기판을 벌였는데, 왜 거길 끼어들어. 우리 같은 정통파 는 정도를 걸어야 해."

"누가 끼어들래?"

"그럼 뭐야. 이걸 왜 보여 줬어?"

"나한테 콘서트와 음반 판매, 광고로 들어온 돈이 있어. 그 게 지금까지 다 합하니까 800억쯤 되더라."

"미쳤어?"

"은행에 돈을 잠재우고 있는 게 미친 거지. 난 이상하게 여 기에 끌려. 본능적인 감각이랄까?"

"차라리, 하던 대로 없는 사람들한테 나눠 줘. 지금까지 가 수하면서 죽어라 번 돈 대부분 불우한 사람들한테 줘 놓고 이제 와서 왜 허공에 날리려고 해. 하지 마, 기부해서 명성이 나 계속 키워."

"누나, 비트코인은 세금이 없어. 비자금 만들기엔 딱이지."

"뭐래. 왜 세금이 없어?"

"아직 정부에서 비트코인 시장을 정식으로 인정하지 않기 때문이라고 하더라."

"그러니까 더 문제지. 거기다 돈 투자했다가 문제라도 생기면 어떡할래?"

"어떤 문제?"

"해킹이라든가, 시장이 망하다든가, 아니면……."

"하하… 걱정도 많네. 어쨌든 이거 재밌을 것 같아. 누군지는 모르지만 매집하는 세력이 있다는 건 절대 망할 일이 없다는 뜻이야. 더군다나, 이상하게 그놈들의 행동이 수상하단 말이지."

"그래서?"

"천천히 매수해 보려고. 그놈들 따라서."

*　　　*　　　*

수집한 자료에 따르면 비트코인의 총량은 2,100만 개가 전부다.

지금까지 나온 게 1,200만 개였으니 앞으로도 900만 개가 더 채굴된다는 뜻이다.

재밌는 건 물량을 매집하는 자들의 태도였다.

현재 개당 가격은 7달러.

자금력만 있다면 시중에 나온 물량 1,200만 개를 전부 쓸어 담는 데 필요한 금액은 8,400만 달러, 즉 한국 돈으로 900억이면 충분했다.

그럼에도 그들은 야금야금 매집하면서 시간을 끌고 있었다.

이런 경우는 단 두 가지뿐.

하나는 매매되는 물량이 충분하지 않은 것과 또 다른 하나는 물량을 시중에 남겨 놔야 할 때.

이병웅의 분석에 따르면 두 가지가 전부 해당된다.

아직 시중에는 물량이 충분하지 않았고, 가격을 띄우기 위해서는 일정 물량도 남겨 놔야 하는 상황이다.

이병웅은 매집 세력이 움직일 때마다 계속 비트코인을 사들이기 시작했다.

물론 커다란 기대를 한 건 아니다.

워낙 작은 시장이라 금액도 크지 않았고 긴장감도 없다.

그럼에도 이병웅은 비트코인을 볼 때마다 이상한 긴장과 희열을 느꼈다.

마치 맹수가 먹이를 발견했을 때의 기분이랄까.

그의 본능은 비트코인이 어쩌면 새로운 세상과 시장을 개척할 수 있을 거란 가능성을 끊임없이 주지시키고 있었다.

*   *   *

정문자동차의 광고는 한국을 비롯해서 전 세계에 퍼져 나갔다.

당연히 광고 모델은 이병웅이었고 정문자동차의 광고는 순식간에 전 세계를 흔들어 놓았다.

센세이션.

자동차를 운전해 본 사람이라면 누구나 고민하는 것 중 하나가 세차다.

누가 차를 더러운 채 타고 싶을까.

일이 바빠서, 또는 게을러서 더러운 채 다니지만, 마음 한쪽에선 언제나 세차를 해야 된다는 생각에 짓눌리며 살아간다.

세차를 하지 않아도 되는 자동차.

그 누가 이런 상상을 해 보지 않았겠나.

그럼에도 자동차가 생긴 이후 지금까지 그런 결과물을 내놓은 회사는 아무도 없었다.

광고가 터지기 시작한 후 정문자동차의 판매는 급증하기 시작했는데, 폭발이라는 말이 어울릴 정도였다.

시간이 지날수록 내수 시장의 점유도를 계속 올리던 외국차들이 퍽퍽 나가떨어졌고, 해외 수출도 매달 기하급수적으로 늘어났다.

세계자동차 시장은 유럽과 일본이 양분하고 있었지만 정문과 한성자동차의 세차가 필요 없는 자동차가 판매되면서 급격하게 그 위상을 상실했다.

그만큼 정문자동차의 약진은 무시무시한 것이었다.

불과 6달 만에 정문과 한성자동차의 주가는 3배로 뛰었고 지금도 여전히 상승 중이었다.

주가의 핵심은 기업의 이익과 펀더멘털.

천만 대가 되지 않던 국내 브랜드 자동차가 6달 만에 2천만 대에 근접할 정도로 판매된 것은 전부 'XF-7'의 파괴력이 있었기 때문이었다.

'제우스'는 '아테네'가 계약하기 전부터 정문과 한성자동차의 주식을 무차별적으로 매수했다.

현재 '제우스'는 이병웅이 지정해 놓은 종목을 제외하고 자본금의 20%인 6,000억을 운용하고 있었는데, 그 자금을 전부 투입했다.

정문자동차의 판매가 급증하면서 외국자본들이 무섭게 치고들어 왔다.

돈 냄새를 귀신처럼 맡는 외국인들이 6개월 동안 2조 원에 달하는 주식을 쓸어담으며 상승을 견인했던 것이다.

*   *   *

2013년 9월.

'제우스'가 탄생한 지 7년.

정말 시간은 빠르다.

7년 동안 제우스의 자본금은 17조로 늘어났는데, 그중 10조가 미국 시장에 투자되었고 나머지는 한국과 중국에서 운용되는 중이었다.

그뿐만이 아니다.

'헤르메스'의 판매는 고공 행진을 계속하며 아직 4달이나 남았음에도 작년 2조 원보다 2배나 되는 4조 원의 매출액을 기록했다.

'XF-7'의 실적도 급증한 상태였는데, 이대로 진행된다면 3조에 달할 것으로 예측되었다.

가장 중요한 것은 매출액이 아니라 순이익이다.

두 제품 모두 원가에 비해 워낙 순이익이 컸는데 제경비를 빼고도 70%에 달했다.

정말 경이적인 이익 포지션.

세상을 흔들어놓는 제품의 위력은 이렇다.

비싸도 어쩔 수 없이 살 수밖에 없게 만드는 것.

그걸 보고 사람은 기적의 승리라 부른다.

이병웅은 포세이돈과 아테네에서 얻은 수익을 대부분 '갤럭시'에 투자했다.

'갤럭시'는 시간이 갈수록 연구 금액이 커져 이제는 매년 8,000억 이상이 투자되고 있었다.

세계 각국이 미래를 대비해 4차 산업에 대한 연구를 진행하고 있지만, 이처럼 무차별적인 투자를 하는 회사는 '갤럭시'가 유일했다.

돈 먹는 하마.

언제 결과가 나올지 모른다.

그럼에도 이병웅은 '갤럭시'에서 요구하는 연구 개발 비용을 한 푼도 깎지 않고 지원해 주었다.

현재 '갤럭시'에서 연구하고 있는 제품들은 개발만 되면 천문학적인 돈을 쓸어담을 수 있는 것들뿐이었고, 국가의 미래를 위해서라도 반드시 추진해야 된다는 게 이병웅의 결심이었다.

*   *   *

윤명호는 회의실에서 도요타의 사장 곤도와 마주 앉았다.

이번 만남이 벌써 3번째.

정문자동차가 빠르게 세계시장을 석권에 나가면서 도요타의 아성을 무너뜨리자 곤도는 무작정 '이지스' 본사로 찾아왔다.

첫 만남에서는 단칼에 판매하지 않겠다고 거절했다.

정문자동차와 독점권이 계약되어 있기 때문에 당분간 판매

할 수 없다며 그를 돌려보냈다.

미국의 자동차 회사 포드와 GM, 독일의 벤츠와 아우디 심지어 중국 회사까지 똑같은 말로 애간장을 태웠다.

물론 여지는 남겼다.

그들은 분명 '이지스'의 고객이었으니 완전한 단절은 있을 수 없는 일이다.

'XF—7'이 정문자동차에 장착된 지 벌써 1년 6개월.

곤도의 얼굴은 붉게 달아올랐는데, 윤명호를 바라보는 그의 시선에는 간절함이 담겨 있었다.

"사장님, 도대체 정문자동차의 독점이 언제까지입니까. 이젠 확답을 해 주십시오!"

"음… 꼭 아셔야 되겠습니까?"

그동안 정문자동차와의 독점 계약 기간을 한 번도 입 밖으로 내지 않았다.

정문자동차 측도 마찬가지다.

그들은 2년이란 기간을 숨기고 최대한 시장을 팽창시키기 위해 회사 내에서도 독점 기간을 극비로 취급했다.

윤명호가 여운을 만들자 곤도의 상체가 바짝 앞으로 당겨져 들어왔다.

그의 말투에서 가능성을 읽었기 때문이었다.

"저희 회사는 쓰러지기 일보 직전입니다. 사장님, 말씀을 해 주십시오."

"어쩔 수 없군요. 정문자동차와의 계약 만료는 6개월 후입니다."

"그럼 그때부터 저희와 계약할 수 있는 겁니까?"

"아… 그건 상황을 봐야 될 것 같군요. 하지만 가급적 저희는 독점 계약을 해제할 생각입니다."

윤명호가 곤도의 표정을 살피며 다시 가능성을 내비쳤다.

가소로운 놈.

곤도가 찾아온 이유는 너무나 명확하다.

도요타는 그동안 총력을 동원해서 'XF-7'의 성분을 파악하고 있었다.

세계 최고의 첨단 소재 기술을 지닌 일본의 과학자들은 'XF-7'을 분석해서 비슷한 유형의 제품을 만드려는 시도를 했겠지.

하지만 쉽지 않다.

'XF-7'은 5년이란 긴 시간 동안 연구되어 나온 제품이었고, 자동차에 적용시키는 과정에서 원자재 성분이 전부 변형을 일으켰기 때문에 단순히 화학분석만으로 성분을 알아내기는 불가능에 가깝다.

"그럼 저희 쪽에도 판매하실 의향은 있는 겁니까?"

"계약 조건에 따라서 할 수도 있겠죠. 사업이란 게 원래 그런 거 아닌가요?"

"조건을 제시해 주십시오. 저희들이 받아들일 수 있는 조건이라면 무조건 계약하고 싶습니다. 사장님, 저희 회사는 '이지스'와 훌륭한 파트너가 될 수 있도록 최선을 다하겠습니다."

"그렇다면 천천히 협상을 해 봅시다. 서로에게 윈윈되는 조건을 찾을 수 있다면 좋은 결과가 있지 않겠어요?"

*　　　　*　　　　*

전 세계의 자동차 회사 사장들이 풀방구리처럼 '이지스' 본사 건물로 찾아왔다.

제일 먼저 계약을 맺은 것은 일본이 아니라 독일 자동차 브랜드들이었다.

그들은 대당 1,200달러를 제시했는데, 정문자동차에 납품한 가격보다 25%가 높은 가격이었다.

축포.

그렇다, 축포를 쏜 게 맞았다.

윤명호는 계약서에 사인하고 그 결과를 이병웅에게 보고한 후, 사무실로 돌아와 한숨을 길게 내리쉬었다.

또다시 거대한 장벽을 하나 뛰어넘었다.

앞으로 세계 유수의 자동차 회사들과 계약하기 위해서는

몸이 열 개라도 부족하겠지만 요즘처럼 살맛이 나기는 처음이었다.

산자부 차관 당시.

한국기업들의 위상을 보면서 얼마나 절망하고 한탄을 했단 말인가.

일본 기업들에게 받아 왔던 수모.

신제품을 개발한 일본 기업들은 하인처럼 한국 기업들을 대하며 갖은 개망나니 짓을 서슴지 않았다.

'헤르메스'와 'XF-7'을 판매하면서 그는 한없는 자부심을 느꼈다.

누구처럼 오만한 행동을 보이지 않았지만, 세계 시장에서 갑이 되어 큰소리 칠 수 있다는 것은 커다란 기쁨이었다.

책상에 있는 전화벨이 길게 울리기 시작한 건 비서가 커피를 가져온 후였다.

"여보세요?"

"안녕하십니까, 윤 사장님. 저는 산자부 장관 신상욱입니다."

"헉! 장관님께서 어쩐 일로 전화를 다 주시고……."

"긴히 드릴 말씀이 있습니다. 혹시 시간이 되면 오늘 저녁 어떠십니까?"

"괜찮습니다. 어디로 가면 될까요?"

"7시에, '유정'에서 뵙는 것으로 하시죠."

"알겠습니다."

전화를 끊은 윤명호가 입술을 오므렸다가 핸드폰을 들었다.

산장부 장관이 만나자고 한 것은 오늘 있었던 독일 자동차와의 계약 때문임이 분명했다.

이미 결과는 나와 있었고 사전에 충분히 검토한 내용이었지만, 보고할 필요성이 있었다.

이병웅은 산자부 장관이 나설 것이란 예측을 이미 하고 있었다.

*   *   *

윤명호가 일식집 '유정'에 들어서자 기다리고 있던 지배인이 제일 끝 쪽 방으로 그를 안내했다.

벗겨져 있는 구두.

서둘러 왔음에도 이미 산자부 장관 신상욱은 먼저 와서 기다리는 중이었다.

"죄송합니다. 제가 늦었군요."

"아닙니다, 아니에요. 제가 약속시간보다 훨씬 빨리 왔습니다. 근처에 볼일이 있다 보니 그렇게 되었어요. 앉으시죠."

악수를 마치고 자리에 앉자 신상욱이 활짝 웃으며 덕담을 건네왔다.

"요즘 '이지스' 때문에 제가 참 행복합니다. 꿈의 기술들을 개발해서 한국 경제를 이끌어 주시니 어떻게 감사 인사를 드려야 할지 모르겠습니다."

"아이고, 별말씀을요. 전부 정부에서 잘 도와줬기 때문입니다."

"요즘 매출액이 엄청나다면서요. '헤르메스'의 매출 성장률이 대단하다고 들었습니다."

"매년 100% 이상씩 성장하고 있습니다. 조만간 10조를 찍는 것도 불가능한 일이 아니라고 예측됩니다."

"허어, 10조요. 정말 대단하군요."

"워낙 전 세계인들의 관심이 뜨겁습니다. 백화점과 인터넷에서만 한정해서 판매하는데도 사람들이 줄을 서서 산답니다……."

본론을 숨기고 덕담이 오고갔다.

미리 준비해 놓은 회가 들어온 후 술잔을 주고받으며 신상욱은 과거 윤명호가 정부에서 일하던 시절을 화제로 올렸다.

한 명은 현직 산자부 장관이고, 한 명은 전직 산자부 차관 출신이었으니 경제와 산업에 관한 것들이 안주가 되어 그들의 입을 통해 줄줄이 쏟아져 나왔다.

그러나 시간이 갈수록 팽팽한 긴장감이 스멀거리며 피어올랐다.

어차피 이 자리가 만들어진 이유는 뻔했기 때문이었다.

"사장님, 오늘 '아테네'에서 개발한 'XF—7'이 독일 측과 계약되었다는 보고를 받았습니다. 정말인가요?"

"그렇습니다."

부정한다고 해서 해결될 일이 아니다.

아니, 이젠 정면으로 부딪쳐야 한다.

"죄송한 말씀이지만 그 계약 파기해 주시면 안 되겠습니까?"

"계약을요?"

알면서도 모른 체했다.

이번 일을 꾸민 건 정문자동차가 분명했다.

그들은 정부를 동원해서라도 '이지스'와의 독점 계약을 유지시키고 싶었을 것이다.

"자동차는 반도체와 더불어 대한민국의 쌍두마차입니다. 감사하게도 'XF—7'으로 인해 정문자동차의 수출이 배로 늘었어요. 사장님, 이대로 정문자동차와의 독점 계약을 유지시켜 주십시오. 대한민국을 위해 그렇게 해 주시길 간곡히 부탁드립니다. '이지스' 쪽에서 그렇게 결정만 내려 주신다면 대한민국 경제는 창공으로 훨훨 비상하게 될 것입니다."

"장관님 말씀. 잘 알아들었습니다. 하지만 이지스는 계약 내용을 취소시키지 않을 것이고, 앞으로도 세계 각국의 자동차 회사들과 계약을 진행시켜 나갈 것입니다."

"제 부탁을 들어주시지 않겠다는 뜻인가요?"

"그렇습니다."

"'이지스'도 대한민국의 일원입니다. 누구 하나의 영달을 위한 것이 아니라, 대한민국 경제를 위한 일입니다. 이대로 지속되면 정문자동차의 시장점유율은 50%까지 치솟을 수 있습니다. 정문자동차가 시장을 장악했을 경우 '이지스' 역시 매출액이 따라 올라갈 텐데, 뭐 하러 외국 자동차 회사에 꿈의 기술을 나눠 준단 말입니까. 재고해 주십시오."

"이미 저희 회사 내부에서 결정된 내용입니다. 죄송합니다."

"음… 고집을 피우시면 곤란한 일이 생길 텐데요."

윤명호가 슬쩍 고개를 숙이며 뜻을 꺾지 않자 신상욱의 입에서 기어코 나오지 않아야 할 말이 튀어나왔다.

대한민국에서 정부는 왕이다.

정부가 각종 규제를 들이밀며 제제를 가해 온다면 살아날 기업은 아무도 없을 것이다.

그럼에도 윤명호는 신상욱을 빤히 바라보며 미소를 지었다.

"장관님께서는 대한민국 경제를 살려야 한다고 말씀하셨으나, 그건 잘못된 생각입니다. 정문자동차와 독점 계약을 유지한다면 오히려 지금까지 쌓아올린 금자탑이 모두 무너지게 될 테니까요."

"그게 무슨 말씀이오?"

"외국의 자동차 회사들은 정문자동차가 'XF—7'로 인해 시장을 장악하는 걸 그냥 지켜보지 않았습니다. 저희가 파악한 정보에 따르면 그들은 'XF—7'과 유사한 제품을 만들기 위해 본격적인 연구에 착수한 상태입니다. '아테네'가 'XF—7'를 개발하는 데 걸린 시간은 5년입니다. 그렇다면 그들은 어떨까요? 그들의 능력으로 봤을 때 개발이 본격적으로 시작된다면 우리처럼 5년 이내에 개발할 수 있습니다. 그래서 저희 회사는 판매를 통해 그들의 개발을 막아야 한다고 생각한 겁니다. 궁지에 몰린 쥐는 살기 위해 고양이한테 덤비는 법이죠. 우리가 그들에게 판매를 해 준다면 그들은 굳이 시간과 막대한 돈을 들여 제품을 개발하지 않을 겁니다."

"허어……."

윤명호의 설명에 신상욱의 입에서 탄식이 새어 나왔다.

만약 그의 말대로 이뤄진다면 진짜 모든 것을 잃게 되는 결과가 나올 수 있기 때문이었다.

* * *

'이지스'가 독일 자동차와 계약했다는 소문이 슬금슬금 퍼져나가자 정문자동차의 주식이 하락하기 시작했다.

이미 '제우스'는 모든 주식을 처분했지만, 뒤늦게 올라탄 외국인은 그대로 물렸다.

외국인이 집중적으로 정문자동차에 투자한 금액은 무려 6조.

스마트머니와 핫머니가 모두 투자되었는데, 그들은 정문자동차가 계속해서 시장점유율을 확대시켜 나가자 집중 매수하는 전략을 펼쳤다.

잘 알겠지만 대한민국 주식시장은 외국인들의 ATM기다.

막대한 자금으로 현물시장을 좌지우지하며 선물 옵션에서 돈을 챙기는 게 그들이 주로 쓰는 방법이다.

1년 7개월 동안 정문자동자의 주식은 5배가 올랐는데 그들은 주식을 쓸어 담으며 끊임없이 주가를 끌어올렸다.

뻔한 수작.

최대한의 이익을 챙기고 빠져나가려던 전략은 '이지스'의 한 방으로 단박에 꼬꾸라졌다.

시총 100조에 달하는 정문자동차의 주가가 불과 한 달 만에 반토막이 났다.

*   *   *

반기에 한 번씩 열리는 '제우스'의 수뇌부 회의를 위해 홍철욱과 문현수가 날아왔다.

그들은 1년 동안의 투자 실적을 보고했는데, 이미 서류로 확인했기 때문에 이병웅의 표정에는 전혀 긴장감이 담겨 있지 않았다.

2013년 12월.

'제우스'의 보유 총액은 23조까지 상승한 상태였다.

아직 세계 유수의 투자 펀드에 비한다면 부족했지만 '제우스'는 다른 투자 펀드와 구성이 다르다.

'제우스'의 모든 자산은 이병웅 개인의 것이었다.

친구들과 정설아가 투자에 참여하길 원했지만 이병웅은 '제우스'의 이름에 그들을 가담시키지 않았다.

이병웅의 입이 열린 건 정설아가 투자 보고를 하면서 정문자동차 외국인들의 투자 상황을 설명하고 난 후였다.

"외국 투자가들이 괴롭겠군."

"지금까지 해 먹은 거에 비하면 아무것도 아니야."

"그건 맞아. 우리나라에 들어와서 그동안 엄청 해 먹었지."

"그 새끼들 공매도 때리면서 선물 옵션으로 해 먹는 바람에 얼마나 많은 사람들이 눈물 흘렸냐. 그 새끼들은 당해도 싸."

"돈질 하다가 정말 세게 얻어맞아 머리가 떵하겠다. 3조가 순식간에 날아갔으니 얼마나 황당하겠어."

정설아의 말에 좌중에 앉아 있던 사람들이 전부 한마디씩 하며 고소하다는 표정을 지었다.

그들의 말대로 외국인들은 막대한 자금으로 지금까지 대한 민국 주식시장을 요리해 왔으니 전혀 안타까워할 일이 아니었 다.

그때, 정설아가 이병웅을 향해 불만을 터뜨렸다.

"병웅 씨, 정문자동차에서 올린 수익만 2조 4,000억이야. 병 웅 씨가 주장해서 그 돈으로 삼전을 계속 사들이며 종합주가 를 방어했지만 기분이 찜찜해."

"왜?"

"우리가 자선사업가도 아니고 주가 방어를 위해 삼전을 산 다는 게 억울하단 생각이 들어. 시장이 안정되었으니 이제 조 금씩 정리하는 게 어때?"

"하하… 누나, 삼전을 산 건 주가 방어 목적도 있지만 다른 것도 있어."

"다른 거 뭐?"

"난 손해 보는 투자는 하지 않아. 삼전을 산 건 계속 상승 할 거란 확신이 있었기 때문이야."

"삼전 주가는 벌써 최저점에서 2배 넘게 올라온 상태야. 언 제 떨어져도 이상하지 않을 만큼 오른 상태라고. 그런데 더 상승할 거라 생각 해?"

"응, 삼전이 세계 반도체 시장을 장악하기 시작했어. 그리고 지금 개발되는 나노D램이 성공하면 완벽하게 세계시장의 판도를 흔들어 놓을 거야."

"하아, 그래도 이건 너무해. 이번 매수까지 합해서 삼전만 무려 4조가 들어가 있어. 이러다가 삼전이 잘못되기라도 하면 우린 폭망이야."

"맞아, 나도 조금 걱정되긴 해. 병웅아, 우리 자금은 4차 산업의 선두 주자들을 위주로 포트폴리오 되어 있어. 나도 향후의 시대는 4차 산업이 선도할 거라 생각하지만 60%는 너무 과하단 생각이 들어. 선물 옵션 포지션 빼고 나면 주식 부분에서는 그쪽이 무려 80% 가까이 돼."

"4차 산업은 이제 시작도 안 했어. 너희들 주가의 흐름을 잘 봐. 우리가 투자한 4차 산업 관련주, 애플이나 구글, 알파벳, 아마존, 텐센트, 알리바바, 그리고 삼전 등. 그들의 주가는 다른 분야를 압도한다. 그런 현상은 더욱 강력하고 빠르게 다가올 거야."

"하긴, 그쪽 부분 주가 상승률이 대단했지."

홍철욱이나 정설아가 우려한 건 이유가 있다.

이병웅의 지시에 의해 구성된 포트폴리오의 수익률이 무려 200%가 넘으면서 걱정되었기 때문이다.

그동안의 경험으로 봤을 때 일정한 수익을 올리면 수익을 확정시키는 게 증권사의 행동 패턴이었기에 특히 정설아는 매번 주식 매도를 건의했다.

　그러나 이병웅은 꿈쩍도 하지 않았다.

　그리고 그 고집이 자산을 23조까지 확장시킨 결정적인 이유였다.

　"철욱아. 미국 시장의 신규 기업들은 잘 관찰하고 있지?"

　"응. 상장된 기업들 꾸준히 분석하며 자료를 축적하고 있어. 그중 가장 유망하고 실적이 괜찮은 기업들을 선별해서 투자 중이야."

　"테슬라, 알아?"

　"알지, 허황된 꿈을 좇는 망나니가 운영하는 회산데. 그건 왜?"

　"왜 허황된다고 생각해?"

　"거기 사장이 알론 머스크란 인간인데, 아주 웃겨. 테슬라는 다른 자동차 회사와 다르게 실리콘밸리에서 탄생했는데 전기 차가 주력이야. 하지만 실적이 너무 변변치 않아서 주가도 엉망이고 향후 전망도 밝지 않아. 가끔 가다 저널에 쓸데없는 말들을 지껄여. 하이퍼루프가 어쩌고 화성에 막대한 자원이 있다며 진출 기지를 만들겠다는 등 엄청 웃기는 자야."

　"다시 봐. 테슬라는 전기 차 분야에서 압도적인 기술력을 지닌 회사야. 충전, 주행 속도, 지속 시간 면에서 세계 최고를 자랑해. 아직 기존 자동차 시장에 진입하지 못했을 뿐. 그들이 본격적으로 전기 차를 생산한다면 엄청난 폭발력을 발생시킬 거다."

"그래서?"

"포트폴리오와 별도로 너희가 운영하는 자금 중 10%만 빼서 테슬라를 사들여."

"미치겠네. 야, 10%면 2,800억이야. 그게 말이 된다고 생각해?"

"너무 많은가?"

"당연하지!"

"그럼 5%만 해. 그 정도면 괜찮지?"

빤히 쳐다보는 이병웅의 얼굴을 보면서 홍철욱이 얼굴을 일그러뜨렸다.

또 당했다.

놈은 일부러 10%를 불러 자신의 반대를 자연스럽게 꺾은 게 분명했다.

하여간, 여우 같은 놈이다.

이젠 뭐라 말하기도 그렇다.

이미 이병웅의 시선이 자신을 떠나 정설아를 향했기 때문이었다.

"누나, '이지스'는 어때. 잘되어 가고 있어?"

"거의 다 끝났고 일본만 남았어. 다음 주에 일본과도 계약을 한다고 해."

"그건 확실하게 했지?"

"당연하지. 모든 자동차 회사와 계약을 하면서 제일 앞에 크게 써 놨어."

"반발하지 않아?"

"반발은 무슨. 지들이 어떻게 반발을 해. 반발하는 순간 죽는다는 걸 잘 알 텐데."

정설아가 자신 있게 말하자 홍철욱과 문현수가 어리벙벙한 표정을 지었다.

뭔가 상당히 중요한 대화를 하는 것 같은데 전혀 알아들을 수 없었기 때문이었다.

요즘 회의를 할 때마다 이렇다.

투자금의 60%가 미국에 있고 문현수의 중국이 20%를 가지고 있으니 정설아가 한국에서 운용하는 건 20%에 불과하다.

하지만 홍철욱은 정설아한테 꼼짝도 못 했다.

자금의 총괄 배분 결정은 이병웅에게 있었지만, 매년 투자금 배분 설정 권한이 정설아에게 있었기 때문이다.

더군다나 금융 투자를 떠나 정설아는 현재 세계시장을 석권하고 있는 '포세이돈'과 '아테네'를 손에 쥐고 있었는데, 두 회사에서 나오는 매출액만 무려 7조에 달했다.

순이익이 5조였는데, 그중 1조는 '갤럭시'에 투자하고 나머지는 비율별로 미국과 중국, 한국의 금융 투자로 분배되었다.

"저기 누나, 비밀 이야기 하지 말고 우리도 알아듣게 설명해 줘. 그게 무슨 소리야?"

"병웅 씨가 '이지스' 계약 건과 관련해서 지시를 내린 게 있어. 모든 자동차 회사가 우리 제품과 비슷한 걸 연구하면 무조건 계약을 해지한다는 조건을 걸었어. 한마디로 까불면 죽이겠다는 뜻이야."

"하이고, 그런다고 따라오지 않겠어. 아마 지금쯤 100개 넘는 회사들이 개발해 보겠다고 덤벼들걸?"

"자동차 회사들만 관여 안 하면 돼."

"무슨 소리야?"

"다른 놈들은 자금이 약해서 개발하기 어렵고, 설령 한다 해도 시간이 엄청 걸려. 더군다나 자동차 회사가 직접 개발한 게 아니라면 단가 측면이나 공급 측면에서 우리 제품을 계속 쓸 수밖에 없거든."

"대단하세요. 그거 불공정 계약에 걸리지 않나?"

"힘 있는 놈이 세상을 움직이는 법이야. 불공정 거래라고 떠들기 위해서는 그만한 힘이 있어야 해. 하지만 그들은 힘이 없어. 왜냐하면 우리가 지금은 최고 강자니까."

"쩝, 이래서 신기술이 무서워. 우리 누나도 무섭고."

강단 있는 정설아의 말이 끝나자 홍철욱과 문현수가 입맛을 쩝쩝 다셨다.

당연한 말이다.

세상은 힘 있는 자들에 의해 굴러간다.

"병웅 씨, 'XF—7'의 판로를 다변화시키는 전략은 금방 가동될 것 같아. 지금 '이지스'의 윤 사장님이 계속 접촉 중이야."

"그게 또 무슨 소리야. 누나, 자동차 말고 뭐 다른 곳에도 써?"

"바보, 'XF—7'이 쓰이는 데는 수도 없이 많아. 당장, 비행기가 있고 고층 건물 유리, 심지어 아파트나 단독주택 창문까지. 지금까지 자동차에 주력해 온 건 그쪽에 효과를 확실하게 보여 주기 위함이었어. 이제부터 'XF—7'은 진짜 무서운 위력을 나타내기 시작할 거야."

"휴우, 듣고 보니 그러네. 난, '헤르메스'보다 매출액이 작다고 해서 별거 아니라고 생각했는데 막상 듣고 보니 대단하네. 만약 그게 전부 되면 매출액이 얼마나 돼?"

"얼마나 될 것 같니?"

"글세… 10조?"

"하여간 우리 현수 간도 작아."

"더 많다는 거야?"

"자동차 회사들과 전부 계약이 끝나면 그것만 가지고도 매출액이 13조야. 판로가 확장되면 '이지스' 분석에 따르면 최소 50조 이상 될 것으로 예상하고 있어."

"우와!"

그녀의 설명에 이병웅이 빙긋 웃었고, 대신 홍철욱과 문현수가 입을 떡 벌린 채 놀람을 숨기지 못했다.

7년 동안 죽어라 금융 투자를 해서 번 돈이 23조다.

그것도 금융 위기란 천재일우의 기회를 잘 활용했고, 행운이 거듭되면서 가능했던 것이지, 그렇지 않다면 어림도 없었다.

그런데 한 해 매출액이 최소 50조라니.

새삼 이병웅이 왜 실물경제를 잡아야 한다고 계속 주장했는지 이해가 되었다.

두 놈이 떡 입을 벌린 채 눈만 껌뻑이리는 장면이 웃겼던지 정설아는 계속해서 충격적인 사실을 알려 줬다.

"그리고 너희들은 처음 듣겠지만 '아폴론'에서 드디어 건강 담배의 개발이 끝났어. 다음 달 3일 시연회를 할 거야. '이지스' 윤명호 사장님이 제품 판매에 대한 허가 절차를 밟는 중인데 그것도 다음 달이면 나와. 우리나가 규정이 엄청 까다로워서 무려 6개월이나 걸렸어. 그것도 윤 사장님 인맥이 아니었다면 더 걸렸을지 몰라."

"끝내주네. 건강 담배 이름은 뭐야?"

"헤스티아."

"불과 화로의 여신이네, 순결의 상징이기도 하고. 이름 잘 지었다."

"하아, 그게 정말 가능할 줄이야. 해만 없어도 피울 텐데 피우면 건강해지는 담배라니. 헤스티아 나오면 나도 피워야겠다."

"아마, 판매가 시작되면 사회적으로 엄청난 파장을 불러일으킬 거야."

"왜?"

"기존의 담배와 유사하기 때문에 커다란 혼란이 생기겠지. 당장 금연 장소에서 피울 수 있느냐 없느냐가 쟁점이 될 거고. 정말 건강 담배가 맞냐는 걸 가지고 따지게 될 거야."

"정부의 허가를 다 받았는데, 그게 문제가 될까?"

"담배가 그동안 사람들에게 주었던 악영향이 컸잖아. 그럼에도 헤스티아는 세상을 발칵 뒤집어 놓을 거야. 그만큼 획기적인 상품이니까."

"누나도 피워 봤어?"

"응, 피워 봤어."

"어땠어?"

"좋더라. 피우고 나면 입 안에 향기가 남아서 또 피우고 싶다는 생각이 들었어."

"어떤 향기?"

"헤스티아는 5가지 향기가 나도록 만들어졌는데, 피울수록 몸에서 좋은 냄새가 나도록 설계되었어."

"사람들이 담배를 피우는 건 니코틴 중독 때문이잖아. 그건 어떻게 해결했어?"

"담배가 해로운 건 니코틴 때문이 아니야. 타르를 비롯해서 각종 나쁜 성분들이 포함되었기 때문이지. 헤스티아에도 미량의 니코틴이 함유되어 있어. 인체에 나쁜 영향을 주지 않을 정도로 포함시켰어. 헤스티아가 7년이란 개발 시간이 필요했던 건 사람의 건강과 직결되어 있었기 때문이야. 무려 인체 실험만 15차례 진행되었고 마지막 최종 제품엔 500명이 1년이나 동원되었어. 그 과정이 동영상으로 고스란히 담겨 있지. 500명에 대한 건강 진료 기록, 피울 때의 인체 작용, 피우고 난 후 주변 사람들의 반응 등이 일일이 기록되어 정부 쪽에 넘어갔어. 그런 과정들이 없었다면 정부에서 허가를 내주지 않았을 거야."

"정말, 고생이 많았구나."

"누나, 헤스티아는 한해 매출액이 얼마나 될 것 같아?"

"글쎄, 판매가 되지 않았으니 정확하지 않지만 대충……."

"빨리 말해, 대충 얼마나 돼?"

"이지스 기획팀이 분석한 거로는 30조 정도 될 거라고 하던데, 지켜봐야지."

"컥!"

*　　　　　*　　　　　*

현재 삼전의 매출액은 100조 조금 넘는다.

그런데 '이지스'가 보유한 3개 회사의 매출액이 예상처럼 나온다면 그와 버금갈 정도다.

'이지스'의 회사들은 이제 막 시작되었기에 향후 기하급수적으로 매출액이 증가될 것이고 더욱 중요한 사실은 삼전과 비교할 수 없을 정도의 순이익이 발생한다는 것이다.

만약, 이 회사들이 상장된다면?

아마, 삼전을 가볍게 씹어 먹을 정도로 엄청난 시총을 확보하게 될지 모른다.

그럼에도 이병웅은 회사들을 상장시킬 생각이 전혀 없었다.

수많은 투자가들이 지분을 확보하기 위해 달려들었으나 이병웅은 그들의 자금을 한 푼도 받아들이지 않았다.

자금은 충분했고 막대한 이윤이 발생하는 이상 투자가를 받아들이거나 상장시킬 이유가 없었기 때문이었다.

"오늘 회의는 이쯤에서 끝내자."

"회장님, 수고하셨습니다."

이병웅이 회의 종료를 선언하자 세 사람이 인사를 했다.

회의 때면 언제나 시작과 종료 시점에 이렇게 인사를 하는 게 관행이 되었다.

"오늘은 맛있는 거 먹으러 가자."

"뭐?"

"삼겹살 어때?"

"짠돌이. 회의 참석하려고 미국에서 뱅기 타고 13시간이나 날아왔는데, 삼겹살이 뭐냐, 치사한 놈아."

"이 자식아, 내가 너희들을 위해 내일 이벤트를 마련해 놨으니까 오늘은 대충 먹어."

"이벤트?"

"응, 뮤지컬 예약해 놨어. 오페라의 유령."

"아, 세종문화회관에서 한다는 그거. 유명 가수들이 대거 나온다는?"

"스케일도 엄청 크단다. 아마, 재밌을 거야."

"그런데 그거하고 삼겹살 하고 무슨 상관이야. 오늘 소고기 먹고 내일 뮤지컬 보면 안 돼?"

"나 돈 없다."

"미친 놈. 누가 들으면 진짠 줄 알겠네. 너, 이 자식아. 네 재

산이 노출되면 단박에 세계 최고 부자 대열에 들어 가. 그건
아니?"

"쓸데없는 소리 하지 말고 밥이나 먹으러 가자. 누나, 예약
해 놨지?"

"첫, 예약 좋아하네. 삼겹살집에 무슨 예약을 하고 가. 그냥
가면 되지."

"누나도 불만이야?"

"이씨, 고상한 여자한테 맨날 삼겹살이나 사 주는데 누가
좋아해. 그리고 내가 점쟁이냐. 언제 예약해 놓으라고 했어!"

*   *   *

빌보드 역사를 새로 쓴 이병웅.

그가 최초로 녹음했던 7곡이 전부 빌보드 차트를 석권하면
서 빌보드의 역사를 계속 바꿔 놓았다.

일 년의 반은 세계가 온통 이병웅으로 인해 들끓었다.

그는 매년 여름 무렵 세계를 돌며 콘서트를 진행했는데, 그
때마다 세계는 온통 이병웅으로 인해 몸살을 앓았다.

미국 대통령을 꺾고 세계에서 가장 영향력 있는 인물로까
지 뽑힌 이병웅의 존재는 대한민국으로 봤을 때 보배나 다름
없었다.

그래미 어워드 연속 3회 수상.

음원으로 벌어들인 금액 역시 사상 최고였으며 안티가 거의 없는 가수.

그를 사람들이 좋아하는 이유는 각양각색이었으나, 싫어하지 않는 이유 또한 많았다.

이병웅은 콘서트에서 벌어들인 돈을 아까워하지 않고 기부를 해 왔으며, 언제나 겸손한 자세를 잃지 않았기에 사람들은 그를 결코 미워할 수 없었다.

단 하나.

방송국과 언론 쪽에서는 죽을 맛이다.

그는 콘서트 일정을 제외하고는 거의 언론에 노출되지 않을 정도로 절제된 행동을 했는데 방송사는 아예 섭외할 생각조차 하지 못했다.

"괜찮겠어?"

"괜찮아."

"사람 많은 곳엔 가급적 안 가려고 하더니 큰 결심했네. 고맙긴 한데 부담스러워."

"그냥 즐겨도 돼."

"김윤호 사장은 뭐라 안 해?"

"그 사람은 몰라. 내가 연락해 주지 않았거든."

"헐!"

"잔소리 좀 듣겠지만 어쩌겠어. 그동안 조용하게 살았으니까 한 번쯤 스트레스 주는 것도 괜찮아. 그래야 우울증 안 걸려."

세 사람이 동시에 입을 떡 벌렸다.

'창공'의 김윤호 사장은 소속사 인원을 대폭 줄인 채 거의 이병웅한테 올인하고 있었는데, 무슨 일만 있으면 득달같이 달려왔다.

아마, 이병웅이 세종문화회관에 나타났다는 소식이 알려지면 전 언론이 몰려들 텐데, 김윤호 사장한테 알려 주지 않았다는 건 조금 너무했다.

그럼에도 이병웅은 차에서 내려 씩씩하게 세종문화회관의 정문을 향해 걸어갔다.

사람들은 일행들과 올라오는 이병웅의 정체를 알아보지 못했다.

워낙 수수한 차림이었기 때문에 주의 깊게 보지 않았다면 알아채기 힘들었을 것이다.

그러나 보석은 어느 곳에서도 빛나는 법이다.

"이병웅이야, 이병웅!"

"와아!"

"꺄악, 오빠!"

사람들의 비명 소리에 금방 홀이 엉망진창으로 변했다.

김윤호 사장에게 알려 주지 않았으니 경호원도 없었기 때문에 이병웅과 일행들은 금방 사람들에게 둘러싸였다.

그런 사람들을 향해 이병웅이 걸음을 멈춘 채 입을 열었다.

"여러분, 좋은 시간들 보내세요. 저도 뮤지컬 보러 왔어요. 오늘은 제 친구들과 조용하게 관람하고 싶어요. 부탁드릴게요."

참 대단하다.

얼굴이라도 한번 보려고 달려들던 사람들이 이병웅의 말 한마디에 슬금슬금 빠져나가더니 앞이 훵하게 비었다.

팬클럽 'BWL'이 펼친 사생활보호운동은 여전히 맹위를 떨치고 있었기 때문에 사람들은 딱 한마디만 했음에도 이병웅의 주위에서 물러나기 시작했다.

일행과 함께 무대 맨 앞 좌석에 앉았다.

그러나.

주변에서 물러났다 해서 관심조차 사라졌다는 건 아니다.

세종문화회관을 가득 채운 관객들은 끊임없이 웅성거리고 있었는데, 모든 시선이 이병웅을 향해 있었다.

*　　　　*　　　　*

JBC의 연예부 기자 주연경은 친구와 함께 오랜만에 밥을 먹으며 술을 마셨다.

기자라는 게 참 힘들다.

특히 연계 쪽을 담당하는 그녀는 요즘 들어 고민이 많았다.

가수건 배우건, 개그맨이건.

어느 분야든 인기가 있는 놈들은 왜 그렇게 만나기 힘든지, 기사를 만들려면 며칠 동안 빨빨거리며 뛰어다녀야 했다.

"야, 천천히 마셔."

"나 오늘 기분 좋아. 방송 녹화도 일찍 끝냈고, 내가 사랑하는 진희랑 오랜만에 만나서 너무 행복해."

"힘드니?"

유진희가 묻자 주연경이 어깨를 으쓱했다.

방송에서는 우아하고 아름답게 나와 연예가뉴스를 소개하던 그녀였으나 친구와 함께 있자 그동안의 스트레스가 자연스럽게 나타났던 모양이다.

"차라리 일반 회사원이 될 걸 그랬어. 남자 연예인 새끼들은 인터뷰 요청하면 한번 자자고 껄떡거리지, 계집애들은 콧대 세우면서 콧방귀 팡팡 뀌지. 더러워서 못 해 먹겠다."

"어휴, 정말이야?"

"정말이라니까. 기자 생활 5년 하면서 나보고 자자는 새끼들이 열 놈이 넘어."

"네가 예뻐서 그래."

"예쁘면 자고 싶은 거야? 이 새끼들은 진심이 없어. 그냥 일회용으로 즐기고 싶어 하는 것뿐이라고."

"흐흥, 나한테 말하지. 난 언제나 준비되어 있었는데."

"지랄."

"아끼면 뭐 해. 오래 안 했더니 곰팡이 피었어."

"연예인 놈들은 전부 사이코들이야. 내가 기자 하면서 들은 건데 밤일 잘하는 놈들이 거의 없단다."

"진짜야?"

"에구, 이 화상아, 그게 그렇게 궁금하니."

"넌 기자니까 그렇겠지만 나 같은 일반인은 환상이 있다니까. 텔레비전이나 영화에 나오는 멋진 배우들을 보면 한번 안기고 싶은 그런 로망?"

"아무래도 넌 빨리 남자 친구 만들어야겠다. 없앤 지 2년 됐지?"

"아픈 기억 꺼내지 마라."

"빨리 만들어. 이것저것 재지 말고. 남자들은 다 그놈이 그놈이야."

"저는 있는 것처럼 말하네. 너도 1년 됐잖아. 왜 사돈 남 말하고 그래. 싸가지 없이."

"호호… 그런가?"

"일은 어때. 재밌어?"

"특종 만들어 오라고 맨날 쥐어 짜. 요샌 무슨 일인지 연예인들이 사고도 치지 않아. 이것들이 가끔 마약을 하거나, 스캔들을 터뜨려 줘야 나도 먹고 사는데, 그런 게 없어."

"특종이라… 이병웅 씨는 너랑 자자고 안 하디?"

"흐미, 걘 만나지도 못했다. 그리고 그렇게 사생활이 깨끗한 사람이 나보고 자자고 하겠어?"

"만약 자자고 하면?"

"헐! 그걸 말이라고 해. 이병웅은 고자라고 소문난 사람이야. 절대 그런 일 없을 거니까 걱정하지 마."

"그래서 만약이라고 했잖아."

"아이, 그만해. 생각만 해도 살 떨려."

유진희가 소주잔을 기울이며 다시 묻자 주연경이 온몸을 배배꼬며 코맹맹이 소리를 냈다.

그때 탁자에 놓여 있던 그녀의 핸드폰이 맹렬하게 울기 시작했다.

"뭐라구요! 진짜 이병웅이 나타났어요? 알았어요. 지금 당장 달려갈게요."

전화를 받은 주연경이 자리에서 벌떡 일어나더니 정신없이 코트를 입었다.

그런 후 유진희를 향해 소리를 질렀다.

"진희야, 미안. 이병웅이 세종문화회관에 왔대. 가 봐야 할 것 같아."

"참, 밥 먹고 살기 힘들다."

"미안."

"만나면 꼭 물어봐."

"뭘?"

"한번 자 줄 수 있으니까 시간 내달라고 그래."

"아휴, 너 미쳤니?"

"혹시 네가 싫으면 나도 있다고 말해 줘. 난 언제든지 준비되어 있으니까."

*   *   *

오페라의 유령은 너무나 유명한 뮤지컬이라 세종문화회관에서 공연되는 동안 매번 매진을 기록했다.

오늘도 세종문화회관은 만석이라 3,000명의 관객들이 입장한 상태였다.

주연을 맡은 이지희는 공연이 막 시작되기 전 이병웅이 왔다는 소릴 듣고 얼마나 놀랐는지 모른다.

물론 그것은 자신뿐만 아니라 공연에 참여하는 모든 배우들이 그랬다.

월드 스타란 말이 무색하게 만드는 우주 최강 스타 이병웅이 왔다는 사실 하나만으로도 배우들은 흥분과 긴장을 느꼈다.

공연이 시작된 후 이지희는 맨 앞 좌석에 앉아 있는 이병웅의 얼굴을 확인하고 가슴이 뛰는 것을 막을 수 없었다.

자신의 모습에 집중되어 있는 그의 시선을 느끼자 온몸이 저절로 반응하며 전율이 피어올랐다.

잘하고 싶었으나 그게 마음처럼 되지 않았다.

목이 잠겨 제대로 노래가 나오지 않았고 대사를 두 번이나 잘못 말하는 실수를 저질렀다.

휴우.

어떻게 공연이 끝났는지 모른다.

평소처럼 배우들과 함께 무대로 나가 인사를 할 때 이지희는 꼼짝도 하지 않는 관객들의 반응을 보면서 얼굴이 붉어졌다.

그만큼 엉망인 무대였기 때문이었다.

그녀도 실수를 난발했지만 이번 공연에서는 많은 배우들이 실수를 저질러 평소의 완벽했던 모습을 찾아볼 수 없었다.

그때 관객들 속에서 천천히 소요가 일어나더니 이병웅의 이름이 흘러나오기 시작했다.

한 명의 입에서부터 선창되었던 그의 이름이 우레처럼 울려 퍼진 건 순식간의 일이었다.

이지희는 그런 관객들의 모습을 보면서 길게 한숨을 흘려냈다.

박수조차 치지 않았던 관객들의 반응이 뒤늦게 이해되었기 때문이었다.

그렇구나.

관객들은 자신들의 공연은 처음부터 관심이 없었던 거야.

하지만 전혀 불쾌하단 마음이 들지 않았다.

아니, 그녀를 비롯해서 무대에 나왔던 모든 배우들이 관객들처럼 이병웅의 이름을 불렀다.

꼼짝하지 않고 앉아 있던 이병웅이 천천히 몸을 일으키자 관객들의 함성이 더욱 커졌다.

그 함성에는 조급함이 담겨 있었는데, 이병웅이 그대로 홀을 빠져나갈지 모른다는 두려움이 담겨 있는 게 분명했다.

다행스럽게 이병웅은 자리에서 일어난 후 천천히 무대로 걸어 나왔다.

그런 후 이지희에게 말을 건넸다.

"죄송하지만 마이크 좀 빌릴 수 있을까요?"

"아, 여기 있어요."

그녀가 머리에서 마이크를 벗어 주자 이병웅이 고맙다는 인사와 함께 마이크를 썼다.

"안녕하세요. 이병웅입니다."

"와아!"

단순한 인사에 3,000명의 관객들이 일시에 자리에서 일어나 함성과 박수갈채를 보냈다.

"사실, 오늘 제가 여기에 온 건 멀리 미국과 중국에서 친구들이 왔기 때문이었어요. 그들과 즐거운 시간을 보내기 위해서였는데 이런 저의 행동이 공연을 보기 위해 오신 여러분께 폐가 된 것 같네요. 죄송합니다."

"아니에요!"

"이번 오페라의 유령은 배우들의 열연이 대단하단 평가를 받고 있었습니다. 본의 아니게 그런 공연을 방해한 것도 미안해요."

이번에는 무대에 있던 배우들에게 고개를 숙였다.

공연 과정에서 벌어졌던 실수가 자신 때문이었음을 명확하게 알고 있는 행동이었다.

배우들 또한 기겁을 하며 부인을 했다.

그들은 이병웅이 사과를 하자 손사래를 치면서 오히려 좋은 공연을 보여 드리지 못해 죄송하다는 말을 거듭했다.

"지희 씨, 혹시 여기에 기타가 있나요?"

"예?"

"기타 말이에요. 기타 있어요?"

다시 한번 묻자 이지희가 그때서야 정신을 차린 듯 급하게 고개를 끄덕였다.

이병웅이 자신의 이름을 안다는 사실 하나만으로도 그녀는 꿈을 꾸고 있는 것 같았다.

배우 중 몇이 무대에서 뛰어나갔다.

기타를 찾았다는 건 이병웅이 노래할 생각이 있다는 걸 의미하는 것이었기에 배우들은 누가 시키지 않았음에도 기타를 가져오기 위해 동시에 여럿이 움직였다.

"관객 여러분, 여러분의 공연 관람을 망친 걸 사죄하는 의미로 제 노래를 몇 곡 불러 드리겠습니다. 괜찮을까요?"

"우와!"

불안한 눈빛으로 지켜보던 관객들의 입에서 미칠 듯한 환호성이 터져 나왔다.

어젯밤 로또 맞을 꿈을 꾼 것이 분명하다.

이병웅의 콘서트를 보기 위해서는 수만 대 일의 경쟁률을 뚫어야 가능하다고 알려져 있었는데, 뮤지컬을 보러 왔다가 공연을 보게 되었으니 이게 로또 당첨이 아니면 뭐란 말인가.

＊　　　　＊　　　　＊

주연경은 세종문화회관에 정문에 도착한 후 저절로 걸음을 멈추고 말았다.

새까맣게 몰려 든 기자들.

아우, 미친다.

토요일 저녁은 기자가 아니라 기자 할애비라도 쉬는 시간인데, 정문 앞에 몰려든 숫자는 전국에 있는 기자들이 전부 달려온 것 같았다.

잠겨 있는 정문을 향해 기자들이 주먹으로 쾅쾅 두드리며 문을 열라고 소리를 질렀다.

경비들이 당황한 표정으로 막으려 했지만, 건장한 기자들이 몸으로 들이박으며 문이 휘청이자 어쩔 수 없다는 듯 자물쇠를 열었다.

그대로 두면 유리창은 물론이고 정문이 박살 날 것 같았기 때문이었다.

문이 열리자 기자들이 미친 듯 홀을 건너 공연장으로 뛰어가는 게 보였다.

주연경도 그들과 함께 뛰면서 카메라를 찾았다.

그녀가 왔으니 항상 찰떡같이 붙어다니는 카메라맨도 이곳에 왔을 것이다.

아니나 다를까.

그녀가 찾고 있을 때 카메라를 멘 진유청이 헐떡거리며 다가왔다.

"빨리 가."

"진 주임님, 그쪽 말고 이쪽으로 가요."

다른 기자들을 따라가려는 진유청의 어깨를 잡은 주연경이 왼쪽으로 뛰었다.

그녀는 콘서트와 뮤지컬을 좋아했기 때문에 세종문화회관의 구조를 손바닥처럼 꿰뚫고 있었다.

왼쪽으로 돌아 한참을 달려가자 무대 옆으로 이어지는 문이 나타났다.

주연경은 곧장 문을 열고 들어가다가 깜짝 놀라 걸음을 멈췄다.

무대에서는 이병웅이 기타를 멘 채 노래를 부르는 중이었고, 공연장에 꽉꽉 들어찬 관중들이 그의 노래에 맞춰 춤을 추고 있었기 때문이었다.

아이고, 하나님 맙소사.

옆을 보자 이미 진유청이 총을 겨냥하듯 무대와 관객석을 향해 카메라를 찍고 있었는데 30년 경력의 베테랑답게 그 와중에도 침착해 보였다.

그때, 주머니에 넣어 놨던 핸드폰이 미친 듯 울기 시작했다.

부장님 저예요."

—어디야!

"세종문화회관에 들어왔어요."

―이병웅은?

"지금 노래 중인데 여긴 지금 난리도 아니에요."

―찍고 있니?

"찍고 있어요. 급하니까 일단 무조건 촬영부터 할게요."

―할 수 있겠어?

"괜찮아요. 준비가 전혀 안 된 상태에서 하는 거니까 조금 버벅거려도 이해해 주세요."

―알았다. 수고하고, 끝나면 바로 들어와. 편집해서 내보내 게.

전화를 끊은 주연경이 카메라와 연결된 마이크를 입으로 가져갔다.

평소 같으면 철저하게 멘트를 준비했겠지만, 지금은 그럴 겨를이 없었다.

"진 주임님, 저 준비됐어요."

"오케이!"

카메라가 무대를 동시에 찍을 수 있도록 위치를 잡은 주연경이 상기된 얼굴로 멘트를 날리기 시작했다.

죽이 되든 밥이 되든 무조건 간다.

조금이라도 망설여 오늘 벌어지고 있는 특종을 놓친다면 그녀는 밥숟갈을 내려놔야 될지 모른다.

"시청자 여러분 안녕하세요. 저는 지금 이병웅 씨가 노래를 부르고 있는 세종문화회관에 나와 있습니다. 저도 어떻게 된 영문인지 모르겠지만 오페라의 유령이 공연되던 이곳에서 이병웅 씨가 노래를 부르고 있네요. 이곳 분위기는 그야말로 열광 그 자체입니다……."

*　　　*　　　*

연달아 3곡을 부른 이병웅이 인사를 하고 무대에서 내려오자 관객들이 입에서 아쉬움이 가득 찬 함성 소리가 공연장을 가득 채웠다.

그럼에도 그들은 이병웅을 향해 뜨거운 박수갈채를 보냈다.

정해진 콘서트가 아니었음에도 관객들을 위해 노래를 불러 준 그에게 보낸 감사의 인사였다.

"우리 병웅이, 노래 하나는 환상이다. 관객들 봐. 미치려고 그러잖아."

"병웅 씨, 정말 좋았어."

"뮤지컬 보러 왔다가 친구 놈 노래를 듣게 될 줄이야. 그렇게 불러달라고 애원해도 꿈쩍 안 하던 놈이 오늘은 웬일이래."

무대로 내려오자 잔뜩 흥분해 있던 일행들이 전부 한마디씩 건네왔다.

이젠 이쯤에서 멋지게 퇴장해야 된다.

하지만 이병웅은 걸음을 옮겨 나갈 수 없었다.

아직 관객들이 제자리에서 일어난 채 꼼짝하지 않았고, 대신 몰려든 기자들이 그의 앞을 막았기 때문이었다.

"이럴 줄 알았어. 현수야, 우린 튀자."

"의리 없이?"

"벌써 누나는 도망갔잖아. 그리고 기자들한테 잡히면 집에 못 가."

"그래도 병웅이만 남겨 두고 도망가긴 그렇잖아?"

말은 그렇게 해 놓고 문현수는 어느새 슬금슬금 뒤쪽으로 움직이고 있었기 때문에 홍철욱이 황당해하는 이병웅을 향해 소릴 질렀다.

이미 정설아의 모습은 사라진 지 오래였다.

"병웅아, 내일 보자. 난 집에 급한 일이 있어 먼저 간다."

"야, 같이 가!"

"미안, 부디 살아남길 기도할게."

일행이 전부 도망친 후 이병웅은 입맛을 다시며 다시 무대로 올라갔다.

이대로 서 있기엔 다가온 기자들이 너무 많아 다칠 염려가 있었다.

하아, 이것 참.

노래만 하고 돌아가려 생각했던 게 의도치 않은 기자회견으로까지 이어지자, 이병웅은 한숨을 길게 내리쉬었다.

어쩔 수 없다.

이렇게 된 이상, 기자들의 질문에 성실하게 답하며 국민들의 궁금증을 풀어 주는 것도 괜찮다는 생각이 들었다.

*　　　　*　　　　*

사람들은 불가능한 것에 대한 도전을 두려워한다.

인류의 역사를 되돌아보면 불가능한 도전을 성취한 자만이 영웅이 되었고 불멸의 주인공으로 등극한다는 걸 알지만, 사람들은 그런 도전을 시도하지 못했다.

왜?

그것은 바로 실패에 대한 피해가 너무 크기 때문이다.

불가능한 도전은 타인들의 배타적인 시선, 시간과 금전적인 손실을 동반하기에 용기 있는 사람들조차 도전을 꺼려할 수밖에 없다.

이병웅이 추진한 것들은 바로 불가능에 대한 도전들이었다.

그중 건강 담배 '헤스티아'의 개발이 가장 대표적인 케이스였다.

다이어트 신발이나 꿈의 코팅제 'XF—7'은 그나마 가능성이 있었지만, '헤스티아'는 수많은 난관에 부딪치며 오랜 시간 동안 결과를 만들어 내지 못했다.

7년이란 긴 시간.

개발에 투입된 비용만 2,500억이 들었고 그 기간 동안 70여 명의 연구원이 달라붙어 수많은 실패와 시도를 반복했다.

남들은 웃었다.

건강 담배를 만들겠다는 '아폴론'의 시도가 허황된 꿈이라 면서 절대 개발하지 못할 것이라며 비웃음을 숨기지 않았다.

그러나 '아폴론'은 결국 허황된 꿈이라던 그 비웃음을 깔아 뭉개며 결국 세상에 '헤스티아'를 내놓았다.

*   *   *

대한일보의 최인환은 메일을 검색하다 이상한 내용을 확인 한 후 폭소를 터뜨렸다.

경제와 산업 쪽을 담당하는 그에게는 기업들이 보내오는 보도 자료들이 수시로 들어왔지만, 아폴론이란 회사에서 보내 온 내용은 정말 황당 그 자체였다.

큭큭거리며 웃었다.

요즘은 개나 소나 신제품 개발을 했다며 언론의 힘을 빌리려고 했지만, 이건 해도 너무했다.

"웃기네, 이 새끼들 미쳤구먼."

"왜 그래?"

"아폴론이란 회사에서 보도 자료를 보내왔는데, 건강 담배를 개발했단다. 3일 후에 시연회를 연대. 완전히 웃기는 놈들이야."

"건강 담배?"

"응, 세상에 건강한 담배가 어디 있냐. 불이 붙는 순간 모든 물질들이 인체에 해롭게 변하는데 건강이라니 얼마나 웃겨."

최인환이 황당하단 표정을 숨기지 못하고 메일을 가리키자 다가왔던 송영국이 얼굴을 굳히며 대뜸 메일을 밑으로 내렸다.

그러자, 정교하게 포장된 담배들이 나열되어 있는 게 보였다.

기존 담배들과 다르다.

포장부터 무척 고급스러웠는데, 예전 담배 대용으로 나왔던 쑥담배와는 비교조차 하지 못할 정도로 정교했다.

송영국의 손에 의해 '헤스티아'란 건강 담배의 설명이 주욱 올라오자 최인환의 표정이 점점 혹색으로 변했다.

제목과 보도 자료만 대충 훑었던 그는 다음 장부터 펼쳐진 '헤스티아'의 상세 설명을 보는 순간, 감전이 된 것처럼 충격을 받았기 때문이었다.

"얘들 이거 장난이 아닌데. 정부 허가까지 전부 받았어. 향기가 5가지, 비타민을 비롯해서 여러 가지 영양 요소들이 담겼다고 설명되어 있잖아."

"진짜일까?"

"그건 확인해 봐야지. 기자는 두 눈으로 직접 확인하는 게 기본이야. 최 기자, 이거 내가 대신 갈까?"

"네가 왜 가?"

"넌 말도 안 된다며 신경질을 냈잖아. 그러니까 내가 갈게."

"됐네, 이 사람아. 이게 어디서 남의 밥그릇을 훔치려고 껄떡거려. 비켜, 자세하게 읽어 봐야겠어."

"하여간, 성질머리하고는……. 그나저나 이게 진짜라면 대박이다. 아폴론이란 회사는 처음 들어 봤는데 얘들 뭐지?"

"이젠 가라."

"아무래도 이건 너 혼자 힘들 것 같아. 내가 도와주는 게 좋겠어. 밥숟갈 없으려고 그러는 게 아니니까 오해하지 마. 넌 기자라는 놈이 감도 없어!"

"왜 없겠냐. 지금 몸에서 슬금슬금 오한이 올라온단 말이지. 이게 진짜라면 역사적 사건이 될 거야. 물론 확인해 봐야겠지만, 메일 뒷장을 보니까 진짜라는 생각이 들어."

"요즘 우리나라 경제 왜 이러냐. 도깨비처럼 신제품들이 쏟아져 나와 연신 대박을 터뜨려 정신이 하나도 없어. 이게 진짜라면 '헤르메스'나 'XF-7' 못지않겠다."

"일단 가 보자고. 담배는 피워 보면 알아. 나도 골초니까 한 번 피워 보면 성공할지 실패할지 단박에 알 수 있어."

＊　　　　＊　　　　＊

'아폴론'의 신제품 건강 담배 '헤스티아'의 시연회에 몰려든 기자들 숫자는 100여 명이 훌쩍 넘었다.

'아폴론' 쪽에서 모든 방송사와 언론에 보도 자료를 뿌렸지만, 이토록 많은 숫자가 몰려든 건 '헤스티아'의 파괴력이 그만큼 컸기 때문이었다.

'아폴론'의 총괄 책임 연구원 김수용 박사의 브리핑이 시작되자 기자들 입에서 시간이 지날수록 탄성이 새어 나왔다.

7년간의 연구 기간 동안 100여 개의 시제품을 만들어 50여 회의 임상 실험을 거쳤고, 결국 꿈의 건강 담배 '헤스티아'를 성공시켰다는 게 상세히 설명되었기 때문이었다.

기자들은 탄성과 더불어 강한 의구심을 나타냈다.

도대체 '아폴론'이란 회사의 주인이 누구기에 무려 3,000억이란 거액을 투자했는지 이해할 수 없었던 것이다.

결국 질문에 김수용 박사의 입에서 '이지스'란 단어가 나오자 기자들의 얼굴이 허옇게 질렸다.

또 '이지스'다.

'헤르메스'와 'XF—7'를 개발해서 세계시장을 석권하고 있는 기업.

그들이 만들어 낸 전설은 현재 대한민국을 넘어 전 세계 기업들의 로망이었고 신화가 된 지 오래였는데, 꿈의 기술이 다시 한번 나타난 것이다.

시연회는 예상 시간보다 훨씬 길어졌다.

'이지스'란 단어가 김수용 박사의 입에서 나온 후부터 기자들의 질문이 쏟아지기 시작했는데 '헤스티아'의 연구 과정부터 완성물이 생산되기까지의 모든 궁금증이 흘러나왔다.

기자들은 집요했다.

어떻게 공부를 했는지 담배에 포함된 영양 요소들과 특수 필름이 연소될 때의 특성, 니코틴 함유량의 인체 유해 여부 등에 관한 질문들이 끝없이 쏟아졌다.

대한일보의 최인환은 기자들의 질문에 청산유수처럼 대답하는 김수용 박사의 답변을 녹음하며 고개를 끄덕였다.

어떤 질문에도 막힘이 없다는 건 그만큼 많은 연구와 실패를 해 봤단 뜻이다.

이윽고, 결전의 시간.

최인환은 진행 스태프들의 안내에 따라 '아폴론' 쪽에서 준비해 놓은 진열대로 다가갔다.

진열대에는 종류별로 5가지의 담배들이 나열되어 있었는데, 가까이 갈수록 좋은 향기들이 뿜어져 나왔다.

"기자 여러분, 그럼 지금부터 '헤스티아'를 직접 경험하는 시간을 갖겠습니다. '헤스티아'는 실내에서 피워도 아무런 문제가 없습니다. 오히려 실내에서 피웠을 때 은은한 향수와 같은 효과를 내기 때문에 더 좋다고 생각합니다. 한번 피워 보시죠."

김수용 박사의 권유에 따라 최인환은 커피 향 담배를 선택한 후 송영국을 바라봤다.

그는 페로몬을 선택했는데, 주저 없이 불을 붙이고 있었다.

그를 따라 불을 붙이고 깊게 빨아들였다.

25년 넘도록 담배를 피워 왔기 때문에 전혀 망설이지 않고 연기를 들이마셨다가 천천히 내뱉었다.

그가 피우는 담배와 다르다.

담배 특유의 쓴 맛과 폐를 자극하는 갑갑함 대신 청량한 기운이 몸속에서 맴돌다가 나오는 느낌.

오랜 세월 담배를 피우며 금연에 도전한 게 어디 한두 번이 겠는가.

금연 보조제를 먹거나 붙였고 정 못 견디겠으면 쑥담배를 피우면서 버티기도 했다.

역겨운 냄새를 지닌 쑥담배는 피우는 당사자도 힘들고, 옆에 사람도 얼굴을 찡그릴 만큼 냄새가 좋지 않았다.

하지만 '헤스티아'는 그와 완전히 달랐다.

처음에는 조금 어색했지만 피울수록 점점 더 몸이 적응하는 느낌.

더군다나 커피 향의 은은함이 퍼져 나가자 기분마저 좋아지기 시작했다.

"송 기자, 어때?"

"이거 죽이네. 담배 피울 땐 뭔가 찝찝한 기분이 드는데 이건 뭐랄까, 즐겁다는 생각이 들어."

"거기다 몸이 건강해진다는 선입감 때문인지 한 대 더 피우고 싶어져. 넌 안 그래?"

"너도 그랬구나. 하아, 다른 기자들 얼굴 봐라. 아주 웃기는구먼."

기자들 중에는 여자들도 상당수 있었다.

다른 때 같았다면 여기자들은 사람들의 시선을 의식해서 담배를 입에 대지 않았겠지만, 지금은 전부 '헤스티아'를 입에 물고 즐거워하는 게 보였다.

그중에는 담배를 피지 않았던 사람들도 많았을 것이다.

담배를 처음 피는 사람들은 매캐한 담배 연기에 구토 증세를 보이거나 사레에 걸리지만, '헤스티아'를 피는 여자들 중 그런 반응을 보이는 사람은 하나도 없었다.

제33장
꿈의 기술들

봇물처럼 터진 언론의 보도.

기자들에게 특별히 선물을 안겨 주지 않았음에도 언론은 앞다퉈 '헤스티아'에 관한 기사들을 쏟아 냈다.

'헤스티아'의 폭발력을 직접 체험했기에 그들은 사실 그대로 보도하며 인류의 역사를 뒤바꿀 제품이 개발되었다며 찬사를 아끼지 않았다.

'헤스티아'의 광고 촬영 현장.

이병웅은 서울 시내의 야경이 내려다보이는 타워의 집무실에서 정장을 입은 채 앉아 있었다.

이번 광고의 콘셉트는 오직 하나.

오직 '헤스티아'에 올인하는 콘셉트가라 이병웅은 의자에 앉아 서울 야경을 바라보며 담배를 피우기만 하면 된다.

촬영은 오래 걸리지 않았다.

모든 준비가 완벽하게 끝난 상태에서 촬영에 임했기 때문에 광고 촬영이 끝났을 땐 오후 10시밖에 되지 않았다.

단 2시간의 촬영.

그럼에도 영상을 확인한 감독은 더없이 만족한 표정을 지었다.

단독 신에 잡힌 이병웅은 성공한 기업가의 전형적인 모습으로, 신비로운 기운을 뿜어내며 완벽하게 '헤스티아'의 상품성을 증폭시켰기 때문이었다.

정말 끝내준다.

비록 특수촬영 기법을 적용해서 촬영했지만, 화면에 나타난 이병웅의 모습은 환상 그 자체였다.

*   *   *

담배가 건강에 해롭다는 건 세상 사람이면 누구나 다 아는 사실이다.

오죽하면 담뱃갑에 담배가 목숨을 앗아갈 수 있다는 경고

문을 넣겠는가.

그럼에도 각국 정부가 담배의 판매를 중단하지 못하는 것은 개인의 자유권을 침해한다는 것도 있었지만, 담배 회사들의 막강한 로비가 작용했기 때문이었다.

김윤희는 이병웅이 출연한 '헤스티아'의 광고를 보자마자 즉시 아침 일찍 마트로 달려가 한 보루를 가져왔다.

비싸다.

'헤스티아'는 한 갑에 만 원이나 했기 때문에 한 보루를 사자 10만 원이란 거금이 들었다.

그러나 돈이 문제가 아니었다.

남편은 30년이 넘도록 담배를 피우고 있었는데 그렇게 구박해도 끊을 생각을 하지 못했다.

괴로운 일상.

베란다에서 담배를 피우고 들어온 남편은 온몸에서 역겨운 냄새를 풍겼기 때문에 하루하루가 고역이었다.

퇴근을 하고 돌아온 남편을 향해 '헤스티아'를 내놓자 남편이 어리둥절한 표정을 지었다.

"이거 피워."

"뭔데?"

"보면 몰라, 당신이 그토록 죽고 못 사는 담배잖아. 이젠 이거 피워. 베란다 나가서 피우지 않아도 된다니까 실컷 피우세요."

"이게 요새 난리가 났다는 그거야?"

"응."

김문석이 '헤스티아'를 요리조리 살피면서 호기심을 나타냈다.

판매가 시작되었다는 소릴 들었지만, 사기가 무척 힘들어 직접 본 건 처음이었다.

"거참, 건강한 담배라니 세상 참 많이 바뀌었네."

"건강에 좋다니까 나도 피워 볼 생각이야. 우리 한번 같이 피워 보자."

"당신도 피운다고?"

"왜, 이상해? 이건 담배처럼 생겼지만 담배가 아니라 건강식품이라잖아. 설마 당신만 건강해지겠다는 건 아니지?"

"헐!"

김윤희가 직접 뜯어 '헤스티아'를 꺼내 한 개비 건네주자 얼떨결에 받아 들며 김문석이 입맛을 다셨다.

어느새 아내가 '헤스티아'를 입에 물고 불을 붙이라는 신호를 보냈기 때문이었다.

라이터를 꺼내 불을 붙이자 향긋한 냄새가 풍겨 나왔고, 입안으로 들어간 연기가 폐부를 부드럽게 자극하며 스며드는 느낌이 들었다.

부드럽다.

기존의 담배와는 전혀 다른 맛이었으나, 몸이 자연스럽게 반응하고 있었다.

"당신한테서 좋은 향기가 나. 햐아, 정말 좋다."

"정말?"

*　　　　*　　　　*

KT&Z의 사장 황인우는 최근 폭발적인 화제를 불러일으킨 '헤스티아'의 광고를 보면서 이를 악물었다.

화면에 나오는 이병웅의 모습은 저절로 '헤스티아'를 피우고 싶을 만큼 매력적이었고, 자신감이 물씬 풍겨 나오고 있었다.

"김 본부장, 어떤가?"

"판매된 지 1주일밖에 되지 않았기 때문에 정확한 통계는 아직 잡히지 않았습니다. 하지만 무서울 정도로 팔리는 건 사실입니다. 영업 본부 쪽에서 조사한 바로는 '헤스티아'가 납품되는 족족 매진이 된다고 합니다."

"그 정도라면 곧 우리 쪽 판매 실적이 가라앉겠구만?"

"그렇게 될 거라 예상하고 있습니다."

"얼마나?"

"아직, 정확한 건… 이번 달 실적이 나와 봐야 확인될 것 같습니다."

기획본부장이 어두운 얼굴로 고개를 돌렸다.

사람들의 반응을 보면 안다.

담배는 연초에 판매 실적이 가장 저조하다. 그건 사람들이 새해 들면서 금연을 결심하려는 게 가장 큰 이유였다.

그럼에도 판매 실적은 점점 증가해서 다시 원상태로 회복되는데, 그만큼 금연이 어렵다는 뜻이다.

하지만 이번엔 분위기가 달랐다.

당장 주변 사람들만 봐도 '헤스티아'로 바꿨다는 말이 수시로 들려오고 있었다.

"산자부와 기재부 쪽은 뭐라 그래. 새로운 소식 없어?"

"노력해 본다는 말을 계속하고 있습니다만, 아무래도 쉽지 않을 것 같습니다. 워낙 그쪽에서 완벽하게 성능을 입증했기 때문에 '헤스티아'의 판매를 금지시키는 건 어렵다고 합니다."

"그렇게 처먹었으면 중요할 때 기본은 해야 되잖아. 개새끼들, 처먹을 땐 언제고, 이제 와서 오리발이야!"

"산자부장관과 기재부장관이 적극적으로 '헤스티아'를 옹호한답니다. 저번 주에 VIP께서 획기적인 상품이라고 칭찬한 것 때문에 정부의 분위기가 완전히 돌아섰습니다."

"후우, 답답하구먼. 도대체 우리 쪽 연구원들은 다 뭐 한 거야. 절대 안 된다고 지랄들 떨더니 이게 뭐냐고. 이러다가 회사 망하게 생겼잖아!"

"죄송합니다."

"거기 연구원 놈들 중에 우리 회사 출신도 있다면서?"

"그렇습니다."

"그런데 왜 나간 거야. 여기서 계속 개발하게 만들어 줬으면 '헤스티아'는 우리가 개발했을 거 아냐?"

"…그 친구가 제안을 했지만 터무니없는 상상이라고 탈락시켰답니다."

"이런 멍청한 놈들, 그때 제안 담당한 놈 누구야. 당장 잘라 버려!"

*   *   *

이병웅은 늦은 밤 홀로 컴퓨터를 바라보다가 두 눈을 슬쩍 감았다 떴다.

어느 날부터 천천히 상승하던 비트코인이 무섭게 치고 와 결국 1,200달러를 찍더니 하락하기 시작해 다시 250달러로 내려왔다.

그가 비트코인에 투자한 돈은 20억이었다.

워낙 거래 물량이 적었기 때문에 매일 매수를 했음에도 한계가 있었다.

7달러부터 분할로 매일 30달러까지 매수했기 때문에 평균 단가는 15달러 정도였다.

그럼에도 가격이 1,000달러를 찍자 가차 없이 팔아 치웠다.

그는 장기 투자를 선호한다.

그랬기에 '제우스'는 4차 산업의 선두기업에 투자를 해 놓고 지금까지 한 번도 매매를 하지 않았다.

하지만 비트코인은 다르다.

비트코인은 성장성이 전혀 없었고 오직 투자자들의 탐욕에 따라 움직인다는 판단을 내렸기에 70배란 수익을 올리자 망설이지 않고 매도를 쳤다.

모든 투자의 속성은 똑같다.

가격이 상승하면서 물량이 폭발한다는 건 거기가 상투라는 걸 알려 주는 것이다.

1,200달러에서 250달러로 급락한 비트코인을 보면서 이병웅은 다시 한번 직감이 꿈틀거리는 걸 느꼈다.

그랬기에 그는 한 달 전부터 다시 비트코인을 사들이기 시작했다.

그의 개인 통장에 들어 있는 돈은 전부 합해 2,700억.

이 돈은 가수 활동을 하면서 '창공'으로부터 받은 돈과 비트코인으로 벌어들인 돈이었다.

가격이 오르면서 비트코인의 거래량은 상당수 증가했는데,

그건 아마도 계속 채굴이 진행된 것과 최초 개발자가 보유하고 있던 비트코인을 시장에 내놨기 때문인 것 같았다.

비트코인은 250달러까지 떨어진 후 200달러에서 300달러 레인지에 머물며 횡보를 계속하고 있었다.

눌림 구간이다.

한번 가격이 폭발한 상품은 하락 후 눌림 기간을 지속하다가 어떤 계기가 나타나면 다시 상승을 시작하는데, 전고점을 돌파하는 경우가 많았다.

이병웅이 비트코인의 가능성을 내다본 가장 큰 이유는 거대한 작전 세력이 존재한다는 것 때문이었다.

작전 세력이 있다는 건 그들이 원하는 가격까지 상승한다는 걸 의미한다.

얼마까지?

그건 모르지만 대충은 감이 잡힌다.

시장에 참여하는 사람들의 숫자와 탐욕의 정도에 따라 가격은 정해지는데, 그땐 인간 지표를 활용하는 게 가장 정확하다.

무슨 말이냐고 묻는다면 금융 투자를 전혀 안 해 본 사람이란 뜻이다.

쉽게 말해서 주식시장을 예로 봤을 때, 시장 바구니를 든 아줌마가 주식 이야기를 하면 팔라는 속담이 있다.

그게 바로 인간 지표다.

누구나 사고 싶어할 때, 그때가 바로 꼭지점이다.

*　　　　*　　　　*

'이지스'의 직원 숫자는 300명이 넘었다.

포세이돈, 아폴론, 아테네는 주로 생산을 담당했고 기획과 판매, 재무는 전부 본사인 '이지스'가 전담했기 때문에 직원들의 숫자는 3년 만에 3배로 늘어났다.

윤명호는 요즘 들어 세상 살 맛이 났다.

산재부 차관 시절엔 고위 관료가 지닌 절대적 권위를 지녔지만, 그 반대로 상당한 스트레스를 받으며 살았다.

관료라는 존재가 그렇다.

일반 국민들은 고위 관료가 놀고먹는다고 생각하겠지만, 차관급이 되면 정치가 개입되기 때문에 수많은 민원과 압박에 시달린다.

처음 '이지스'의 사장을 맡아 달라는 제안을 받았을 때 냉정하게 거절했다.

산자부 차관까지 지낸 그가 맡기에는 너무 규모가 작았고 3개의 자회사는 명목만 있을 뿐, 실적이 전혀 없는 기업들뿐이었다.

하지만 정설아가 제안한 연봉과 '이지스'의 실질적 주인이 '제우스'란 사실을 알게 된 후 두말하지 않고 제안을 받아들였다.

'제우스'는 증권가에서는 전설로 치부되는 막강한 투자 전문 회사였고, 그 자산이 측정하기 어려울 정도로 거대하단 사실을 알기 때문이었다.

더군다나 자회사가 연구하는 아이템을 전해 들은 후 반드시 맡고 싶다는 생각이 들었다.

세상을 깜짝 놀라게 만드는 제품들.

이중 하나만 성공해도 세계를 장악할 만큼 엄청난 파괴력을 터뜨리는 것들이었다.

마지막까지 제품을 생산하지 못했던 '아폴론'이 '헤스티아'를 시장에 내놓으면서 그는 눈코 뜰 새 없이 바빴다.

2달이 지난 지금 '헤스티아'의 국내 판매량은 무려 5천만 갑이 팔렸다.

금액으로만 계산해도 5천억이었다.

하지만 그가 진짜 바쁠 수밖에 없었던 것은 이병웅이 출연한 '헤스티아' 광고가 미국과 유럽, 중국, 일본에 차례대로 방송되면서 바이어들이 물밀듯 밀려들었기 때문이었다.

그것뿐인가.

'헤르메스'의 효과가 검증되면서 판로가 끊임없이 늘어났고,

'XF-7'은 자동차 시장에서 벗어나 다방면으로 확대되었기 때문에 그의 하루 일과는 화장실 가는 것도 어려울 만큼 바쁠 수밖에 없었다.

정설아에게서 콜이 온 것은 오후 2시였는데 회장님과 함께 저녁을 같이 하자는 소식이었다.

서류상으로 이병웅의 존재는 어디도 나타나지 않는다.

'이지스'의 모든 자산은 '제우스'의 것이었으니 이병웅의 존재를 확인하기 위해서는 '제우스'의 자금 내역을 전부 뒤져야 가능했다.

사람들이 왜 모르냐고?

그런 의문을 가지는 건 투자 전문 회사가 지닌 특수성을 모르기 때문이다.

투자 전문 회사는 투자자의 명부 공개를 극비로 다루고 금융 투자에서 벌어들인 돈은 거래 때마다 곧바로 세금 정산 되기 때문에 알려질 가능성이 전혀 없었다.

이병웅이 윤명호를 부른 곳은 호텔이었다.

그가 도착했을 때 초인종을 누르자 정두영이 문을 열어주었다.

윤명호는 룸으로 들어서면서 마중 나온 정두영을 향해 정중하게 인사를 했다.

정두영은 단순한 매니저가 아니라 이병웅의 그림자였고, 친구였다.

그건 이병웅이 그를 대하는 모습만 봐도 안다.

이병웅은 언제나 정두영을 친동생처럼 대했는데, 언제 봐도 격의가 없어 보였다.

"어서 오십시오."

"회장님, 오랜만에 뵙겠습니다."

윤명호의 허리가 자연스럽게 굽혀졌다.

소파에 앉아 있던 이병웅이 반갑게 맞아들였지만, 그는 최대한 공손한 자세로 인사를 했다.

단순한 가수가 아니다.

세상을 휘젓는 월드 스타였으며 자신의 목숨을 당장에 날릴 수 있는 거대 자본의 주인이다.

이병웅이 머무는 비즈니스 룸은 70평이라고 들었는데, 마치 궁궐처럼 넓었고 그 중앙에는 음식들이 차려져 있었다.

"고생이 많다고 들었습니다. 그래서 좋은 음식을 대접하고 싶었어요."

"감사합니다."

"먼저 드시면서 천천히 이야기할까요?"

식탁에 앉은 건 그와 이병웅, 정설아뿐이었고 정두영은 응접실 쪽에서 다가오지 않았다.

식사를 하면서 현재 진행되고 있는 사업 이야기를 나누었다.

각 제품별로 계약한 내용과 판매 실적, 그리고 공장 확장에 관한 내용들이 대부분이었다.

가만히 듣고 있던 이병웅이 입을 연 건 윤명호가 식사를 다한 후 숟가락을 내려놨을 때였다.

"사장님, 저는 이지스에 사장님을 도울 인력들을 보강하려합니다. 사장님은 회장직을 맡아 주시고 각 기업별로 사장들을 뽑아 관리하는 게 좋다는 생각을 했습니다."

"그게……."

윤명호가 이병웅의 눈치를 봤다.

이건 오너가 토사구팽을 시키는 전형적인 방법이었다.

그러자, 이병웅의 얼굴에서 웃음이 떠올랐다.

"오해는 마십시오. 그동안 저나 여기 계신 정 사장님이 사장님을 너무 고생시켰다는 생각이 들었어요. 더군다나 자회사의 규모가 점점 커져 가고 있으니 '이지스'도 그룹사의 면모를 갖춰야 됩니다. 그래서 말씀드린 거니까 인력 보강과 조직 개편은 사장님이 알아서 다시 구축해 주세요."

"아… 알겠습니다. 최선을 다해, 효율적인 조직을 만들어 보고드리겠습니다."

이병웅의 속뜻이 다른 곳에 있음을 눈치챈 윤명호의 얼굴이 펴졌다.

그의 말이 맞다.

'이지스'에서 단독으로 관리하기엔 자회사들의 몸집이 기하급수적으로 커지고 있었다.

따라서, 이제부터는 각개 경영 체계를 구축할 필요성이 있었다.

"앞으로 자체 투자에 필요한 돈을 제외한 이익금의 절반만 '제우스'에 보내고 나머지는 갤럭시 쪽으로 보내 주세요."

"회장님, 갤럭시 쪽은 그동안 1조면 충분했습니다. 수익금의 절반을 그쪽으로 보내면 갤럭시 쪽에 유보금이 너무 많게 됩니다."

"아뇨, 내년부터 갤럭시의 공장 증설을 위해 막대한 돈이 투자될 거예요. 최소 5조 이상 투자될 것으로 예측됩니다. 아니, 어쩌면 더 필요할지 모르겠군요."

윤명호가 입을 떠억 벌렸다.

5조가 누구 집 개 이름이야.

도대체 뭘 하길래… 그 많은 돈이 필요하단 말인가.

"갤럭시가 연구 중인 자체 발전 전기 차가 내년부터 본격적인 시험에 들어갑니다. 충전이 필요한 전기 차보다 몇 단계 발전된 전기 차를 '갤럭시'에서 개발한 것이죠. 갤럭시의 전기 차에는 인공지능이 탑재되어 자율 주행까지 이뤄집니다. 더군다나 로봇 분야에서 정밀한 조립 로봇 개발이 완성되어 전 공정을 사람 없이 생산하는 시스템이 구축될 거예요."

"허어!"

그렇다.

'갤럭시'에서는 모든 첨단 과학이 담겨 있는 꿈의 자동차 '쥬피터'를 개발 중이었다.

현재 개발되고 있는 전기 차는 배터리 충전 방식으로 도로 곳곳에 충전소가 필요했지만, '쥬피터'는 차량 안에서 자체 충전을 통해 구동되는 방식이었다.

'갤럭시'는 처음부터 기존 자동차 회사들이 개발 중인 전기 차의 약점을 철저하게 파고들었다.

오랜 시간 배터리 교환 없이 자동 충전 되어 구동할 수 있는 자동차를 개발할 수만 있다면, 기존의 시장 판도를 완전히 뒤엎을 수 있기 때문이다.

수많은 실패와 착오가 계속되었다.

미국의 4차 산업 첨단 기업들을 인수한 후 그들이 보유했던 기술들을 전부 쓸어 왔음에도 성과를 보이기까지 무려 7년이란 시간이 필요했다.

그렇다고 해서 완성되었다는 뜻이 아니다.

아직도 부족한 부분이 있다.

당장 2차 전지 쪽이 완전하지 않아 배터리의 수명이 짧았고 '쥬피터'에 장착되는 인공지능 쪽도 더 많은 연구 개발이 필요했다.

그럼에도 '쥬피터'의 약진은 무서울 정도로 빠르게 진행되고 있었다.

미국에서 넘어 온 기술을 바탕으로 발전된 '갤럭시'의 인공지능 기술은 미국이나 유럽 쪽을 압도하는 중이었고, 로봇의 개발과 2차 전지 분야, 가상현실 쪽까지 전부 세계 최고의 기술을 자랑하고 있었다.

그럼에도 이런 정보가 유출되지 않았던 것은 정부의 재정 지원 한 푼 없이 모든 재원을 '제우스'에서 조달하며 극비를 유지했기 때문이었다.

현재 자체 충전 전기 차의 초기 모델은 완성된 상태였다.

그 말은 곧 대량생산을 위한 공장 구축과 설비 보강이 대대적으로 필요하단 뜻이다.

생산 기지를 구축하는 동안 '쥬피터'의 성능을 개량해서 3년 안에 판매를 개시한다는 게 '갤럭시' 운영진과 이병웅의 계획이었다.

*　　　　*　　　　*

2015년 9월.

이병웅은 미국 5대 도시의 콘서트를 마치고 뉴욕으로 돌아왔다.

새롭게 발매된 신곡. '길고 긴 여정'이 나온 기념으로 '창공' 쪽에서 오랜 기간 준비해 왔던 콘서트였다.

여전히 그의 인기는 미국 전역을 흔들어놓을 만큼 폭발적이었다.

데뷔한 지 8년이 지났음에도 그의 인기는 오히려 점점 더 올라갈 뿐, 전혀 수그러들 기미조차 보이지 않았다.

그동안 그는 '헤르메스'와 '헤스티아'의 광고를 2개씩 더 찍었다.

불과 3년이 조금 지난 지금 '헤르메스'의 매출액은 15조를 찍었는데, 지금도 그 수요는 계속 상승하는 중이었다.

하지만 '헤르메스'의 열풍은 '헤스티아'에 비하면 덜한 편이었다.

'헤스티아'는 기적적인 매출액을 신장시키며 전 세계 담배 시장을 초토화시키고 있었다.

불과 2년 만에 '헤스티아'의 매출액이 30조를 찍었던 것이다.

그것뿐인가.

'XF-7'의 약진은 그 두개의 제품을 합한 것보다 많은 50조를 기록했다.

수요의 확장은 끝이 없었다.

처음에 자동차로 시작되었던 'XF-7'의 사용은 아파트와 주택, 각종 상가와 빌딩, 야외에 노출되는 간판 등 전방위로 퍼져 나갔는데, 구매하겠다는 주문이 끝없이 밀려들고 있었다.

이병웅은 '창공'의 콘서트 지원팀을 한국으로 돌려보낸 후 뉴욕에서 한 달 정도 머물 생각이었다.

금융 위기를 잠재우기 위해 연준에서 시행했던 양적 완화가 끝난 후, 세계경제는 다시 확장세를 거듭하는 중이었으나, 풀어놨던 돈을 회수할 기미가 보이지 않았다.

어이없게도 연준의 최종 재무재표는 4조 4,000억 달러가 증액된 상태였다.

연준에서 찍어 낸 돈은 본원통화 M1이다.

이 돈이 시중에 풀려 나가면 은행의 지준률을 5%로 계산할 때, 시중 통화는 그 20배인 88조 달러로 변한다.

88조 달러는 한국 화폐로 계산하면 약 9경이 넘는다.

쉽게 말해서 세계 인구를 70억으로 가정했을 때, 아프리카에서 갓 태어난 아이에게까지 1,300만 원이 돌아갈 수 있는 금액이다.

더 큰 문제는 미국의 연준이 헬리콥터 머니를 뿌리면서 유럽과 일본, 중국, 한국 등 전 세계가 무차별적으로 화폐를 생산했다는 것이었다.

얼마나 무서운 일이 벌어질까?

그렇게 증가된 시중 통화가 무슨 일을 저지를지 상상한 적이 있는가?

시중에 돈이 흘러넘치면 실물 자산, 즉 주식과 부동산등이 폭등하기 시작하고 거대한 버블을 만들어 낸다.

지금 당장 눈으로 확인되는 주식시장과 부동산 시장을 보라.

금융 위기로 꼬꾸라졌던 주식과 부동산은 연일 상승을 거듭하면서 무차별적인 폭등을 기록하고 있었다.

이대로 계속 진행된다면 연준이 풀어놓은 9경이란 달러는 실물 자산의 상승과 함께하며 그 몸집을 계속 불려 나갈 게 분명했다.

9경이 아니라, 90경으로 변할 수 있다는 뜻이다.

양심의 가책?

그런 건 가지고 있지 않다.

자신은 분명 풀어놨던 돈을 회수하는 양적 긴축을 제안했고, 윌리엄스 교수와 버냉키 의장도 반드시 그렇게 해야 된다며 의견을 같이했다.

그들도 안다.

만약 풀어놨던 돈을 그대로 둔다면 세계경제는 거품을 키우고 키우다가 언젠가 거품이 폭발하며 대공황을 맞이하게 된다는 걸 정확하게 알고 있었다.

그렇기에 귀국하지 않고 뉴욕에서 머물려고 하는 것이다.

정확하게 언제부터 연준에서 양적 긴축을 하는지 반드시 알아내야 한다.

현재 '제우스'의 금융 투자 금액은 120조로 불어난 상태였다.

기업들이 벌어들인 돈은 '갤럭시' 쪽으로 반이 넘어갔고, 나머지는 '제우스'로 흘러들어 왔다.

그중 상당수가 4차산업 선두 기업에 투자되어 있었고, 시장 흐름에 맞춰 운용되는 건 40%에 불과하다.

하지만 양적 긴축이 본격적으로 시작된다면 전략의 수정이 필요했다.

시중에서 연준이 돈을 회수하기 시작하면 주가의 하락이 동반되기 때문이다.

웬만한 고급 정보는 전부 알아내어 전달해 주던 제시카도 연준의 동태를 파악하지 못했다.

당연한 일이다.

양적 긴축은 전 세계 자산 시장의 변화를 불러일으키는 사안이었으니 제시카가 아무리 뛰어난 정보력을 지녔다 해도 알아내긴 힘들었을 것이다.

*   *   *

에미 로섬은 JP 모건의 국채투자담당을 맡고 있는 로버트와 저녁을 함께했다.

최근 들어 조금씩 접근해 온 로버트는 하버드를 졸업한 재원으로 능력을 인정받아 세계 최대 은행인 JP모건으로 특채된 남자였다.

그의 나이 32살.

핸섬한 얼굴에 부드러운 말투, 여자를 감동시키는 매너까지.

뭐 하나 빠지지 않았기에 에미 로섬은 몇 번 거절하다 결국 그의 데이트 신청을 받아들였다.

오늘이 벌써 3번째.

그는 환심을 사기 위함인지 미리 준비해 온 조크들을 이어가며 그녀를 즐겁게 만들어 주었다.

"조심해서 들어가세요."

"오늘 저녁 식사 즐거웠어요."

"이번 주말에 혹시 시간이 있어요? 우리 같이 영화 보러 가지 않을래요?"

"좋아요."

"그럼 내가 예매를 해 놓고 전화할게요. 잘 가요."

아직 그는 용기가 부족하다.

키스 정도는 용인해 줄 생각을 가지고 있었지만, 로버트는 바보처럼 주말 약속만 한 채 돌아서고 말았다.

지를 때와 돌아설 때를 정확히 알지 못한다는 건 그가 연애 경험이 별로 없다는 뜻이다.

조금 아쉬웠지만 그런 면에 점수를 주고 싶었다.

그녀의 나이는 28살이었고 이제 결혼을 생각할 나이였으니 쉽게 접근해 오는 남자보다 로버터 같은 남자가 훨씬 믿음이 갔다.

마지막으로 남자를 만나 본 지 벌써 3년이 지났다.

워낙 중요한 자리로 옮겼기 때문에 남자 만날 여유가 없었고, 그녀의 위치상 대시해 온 남자도 없었다.

자리를 옮긴 후 처음엔 워낙 긴장을 했고 항시 대기 상태를 유지했지만, 경험이 쌓이자 이젠 조금씩 여유가 생겼다.

그랬기에 로버트의 접근을 허락했다.

그럼에도 그가 같은 회사의 엘리트가 아니었다면 경계의 시선을 늦추지 않았을 것이다.

또각, 또각.

차를 향해 걸어가는 동안 콧노래가 흘러나왔다.

이렇게 좋은 것을 그동안 절제하고 살았다는 게 새삼 억울할 정도로 기분이 좋았다.

남자와의 데이트.

가슴이 설레고 기대감과 흥분이 함께하는 시간들.

로버트와의 주말 약속은 어떨까?

만약 그가 잠자리를 원한다면…….

에미 로섬을 차를 타고 돌아가며 야릇한 상상 속으로 빠져들었다.

즐겁다, 이런 게 인생 아니겠나.

뉴욕 맨하탄에는 고급 빌라들이 많다.

한 채당 수십억씩 호가하는 빌라들은 대부분 월가의 엘리트들이 살고 있었는데, 금융 위기 때 반짝 매물이 나왔을 뿐, 현재는 현금이 있어도 살 수 없는 곳이었다.

에미 로섬은 그 빌라들 중 하나인 '세인 폴'에서 살고 있었다.

그녀는 이 빌라를 금융 위기 당시 150만 달러에 사들였는데, 지금은 300만 달러를 줘도 못 산다.

한 남자가 다가온 것은 그녀가 차를 주차하고 빌라로 통하는 현관으로 향할 때였다.

어둠 속에서 다가온 남자.

우뚝 멈춰 섰다.

그녀를 향해 곧장 다가 온 남자의 존재는 긴장을 주기에 충분했다.

"에미, 조금 늦었네요. 저녁 약속이 있었나 보죠?"

"누구… 헉!"

남자가 불빛 안으로 들어온 순간 에미 로섬의 얼굴이 귀신을 본 것처럼 놀람으로 가득 찼다.

화면에서나 볼 수 있었던 남자.

그의 콘서트를 보기 위해 얼마나 노력했던가.

혼자 3대의 컴퓨터를 동원해서 별별 짓을 다 했지만 결국 뉴욕콘서트를 보지 못했다.

"당신… 병웅, 병웅이 맞나요?"

"그렇습니다. 알아보시네요."

"그럼요, 세상에 당신을 모르는 사람이 어디 있겠어요. 그런데 진짜 병웅이 맞아요?"

왜 왔는지 궁금하지도 않았다.

그저 이병웅이 눈앞에 나타났다는 충격에 머릿속이 하얗게 비었을 뿐, 다른 건 아무것도 생각나지 않았다.

"에미, 잠깐 이야기하고 싶은데 시간 좀 내주실 수 있을까요?"

"괜찮아요. 낼 수 있어요."

"여긴 주변에 마땅한 곳이 없네요. 괜찮다면 에미 집으로 가죠?"

다른 남자라면 말도 안 되는 소리다.

여자 혼자 사는 집에 처음 만난 놈이 올라가자고 하면 어떤 여자가 오케이를 한단 말인가.

그러나 상대는 이병웅이었다.

꿈속에서까지 만나고 싶었던 이병웅. 남자를 만난 지 오래된 그녀가 견딜 수 있었던 건 오직 집 안에 크게 걸려 있는 이병웅의 브로드마이드 때문이었다.

"가요, 제가 맛있는 커피 드릴게요."

진짜 이병웅이 아니라 비슷하게 생긴 놈이라도 상관없다는 생각이 들었다.

그만큼 앞에 나타난 남자의 외모는 그녀의 심장을 정신없이 뛰도록 만들고 있었다.

    *   *   *

이병웅은 그녀를 따라 집으로 올라갔다.

그러고 보면 세상은 참 불공평하다.

하나를 가지면 하나가 없어야 당연한 이치인데 에미 로섬은 모든 것을 다 가진 여자였다.

아버지는 캘리포니아에서 제일 큰 포도 농장을 경영했고 그녀는 옥스포드를 졸업한 후 현재는 세계에서 가장 강한 권력을 지닌 자의 최측근으로 근무하고 있었다.

그것뿐인가.

그녀의 미모는 영화배우를 해도 아깝지 않을 만큼 아름다웠고 매력적이었다.

먼지 하나 없는 집 안을 바라보며 이병웅이 감탄을 흘려 냈다.

제시카의 집에 버금갈 정도로 에미 로섬의 집은 정결하고 아름답게 꾸며져 있었다.

"잠깐 소파에 앉아 있어요. 커피 가져올게요."

커피를 내리는 그녀의 모습을 보면서 이병웅이 빙그레 웃었다.

지금쯤 그녀의 머릿속은 많은 생각으로 복잡하겠지.

똑똑한 여자들의 최대 장점은 금방 흥분된 감정 상태에서 벗어나 이성을 회복한다는

것이다.

그것을 증명하듯 커피를 가져온 그녀의 눈은 처음과 달리 차분하게 가라앉아 있었다.

"다시 물어볼게요. 당신, 병웅 맞나요?"

"만약 아니라면 내쫓을 얼굴이군요. 하지만 나는 이병웅이 맞아요. 이틀 전에 뉴욕에서 콘서트를 했고 지금은 '스카이 오션 호텔'에서 머물고 있죠."

"그건 언론에 다 나온 거잖아요."

"그렇죠. 하지만 지금은 증명할 길이 없네요."

"좋아요, 확인은 나중에 하면 되니까 그렇다 치죠. 자, 그럼

본론을 말해 보세요. 여기까지 왔다면 나를 만나러 온 이유가 있을 텐데요?"

"에미한테 듣고 싶은 이야기가 있어서 왔어요."

"내가 누군지 알고 온 거예요?"

"그럼요."

이병웅의 대답에 에미 로섬의 얼굴이 굳어졌다.

자신의 정체를 정확하게 알고 왔다는 것은 그의 목적에 불순한 의도가 포함되어 있다는 생각이 들었기 때문이다.

3년 전 현재의 직책을 맡은 이후 수많은 자들이 접근해 왔다.

전부 금융에 관계된 자들이고 그들은 정보를 얻어 내기 위해 별별 짓을 다했지만, 전부 거절하고 만나지 않았다.

입을 한번 잘못 놀리는 순간, 아버지가 운영하는 농장까지 거덜 날 수 있다는 걸 너무나 잘 알고 있었다.

그녀가 모시는 남자와 조직은 그러고도 남을 사람이었다.

오랜 세월, 남자를 만나지 않았던 것도 그런 이유가 있었기 때문이었다.

"나는 업무와 관련된 이야기는 절대 하지 않아요. 만약 병웅의 목적이 그것이라면 돌아가 주세요."

"그런가요?"

"같은 이야기를 두 번 반복하지 않을게요."

"좋습니다. 그럼 사인만 해 드리고 가죠."

"어떤… 사인?"

에미 로섬이 의한한 표정으로 되물었을 때, 이병웅의 몸은 어느새 자리에서 일어나고 있었다.

거침이 없는 움직임.

불끈 다가온 이병웅의 입술이 그대로 그녀의 입술에 포개졌다.

여자가 가장 행복한 순간은 남자에게 완벽한 사랑을 느낄 때다.

에미 로섬은 이병웅의 품에 안겨 인생에서 처음 느끼는 그런 행복을 맛봤다.

정신이 아득해지면서 아무것도 생각할 수 없는 순간들.

그런 순간들이 수도 없이 반복되며 그녀를 천국으로 이끌었다.

정신이 깨었을 때 이병웅은 그녀의 가슴에 손을 올린 채 부드러운 시선으로 바라보고 있었다.

"당신, 정말 대단해요."

"최선을 다했어, 에미를 위해."

"피이 거짓말."

그의 손이 움직일 때마다 또다시 짜릿짜릿한 전류가 흘렀다.

다시 한번 그 순간을 느끼면 좋겠다는 생각.

하지만 이병웅의 손길은 그녀의 몸이 반응하자 천천히 멈추었다.

"에미, 당신한테 들어야 할 중요한 이야기가 있어. 대답해 줄래?"

"뭐죠?"

이성이 극렬하게 안 된다고 소리쳤으나, 이미 그녀의 심장은 뜨겁게 타오르며 어떤 것이라도 대답할 준비가 되어 있었다.

"금리 인상이 언제부터 시작되지?"

"아… 금리 인상."

생각과 전혀 다른 내용이 나오자 에미 로섬의 표정이 살짝 변했다.

JP모건의 투자 내용에 대해서 질문할 거라 예상했지만, 이병웅이 물어본 건 의외로 연준의 움직임이었다.

지금 금융시장에서는 연준의 금리 인상에 초미의 관심을 보이는 중이었으나, 아직 금리를 결정하는 FOMC 회의는 20일이나 남은 상태였다.

그럼에도 그녀는 정확하게 결과를 알고 있었다.

왜냐하면 그녀는 바로 JP모건 회장인 제이미 다이몬의 수행비서였기 때문이었다.

이미 답할 준비가 되어 있었으나 이병웅의 질문 배경이 너무나 궁금했다.

대부분의 사람들은 금리 인상에 대한 정보를 얻기 위해 연준 쪽 인사들과 접촉을 시도하는데, 이병웅은 그녀를 찾아왔다.

"내가 그걸 알 거라고 어떻게 생각한 거죠?"

"JP모건이 연준의 주인이니까."

"말도 안 돼. 왜 그런 생각을 했어요. 연준은 최상위 의사 결정 기구고, JP모건은 투자은행에 불과해요."

"정말 모르고 묻는 건 아닐 텐데?"

"하아……."

연준은 미국의 중앙은행이다.

그러나 사람들이 모르는 사실이 하나 있다.

각국의 중앙은행은 정부 기관이었으나 미국의 연준은 사기업이란 사실.

연준의 태동은 1910년 발생한 대공황에서 비롯되었는데, 그 당시 은행과 기업이 시체를 이루었을 때 미국 최대 은행인 JP모건이 정부를 대신해서 모든 부채를 정리해 주었다.

그들이 부채를 청산해 주면서 요구한 것이 바로 연준 체제였다.

연준의 주주 명부는 미국 대통령도 모른다.

대통령이 요구해도 연준 측에서 공개하지 않기 때문이었다.

하지만 극소수의 사람들은 연준이 JP모건의 통제하에 있다는 것을 알고 있었다.

"금리는 이번 FOMC 회의 때 인상하는 것으로 결정될 거예요."

"사이클의 시작이겠지?"

"당신 가수잖아요. 어떻게 그런 걸 알죠?"

"내가 펜실베이니아에서 공부했다는 거 몰랐어?"

"맞아… 그랬지……."

"대답해 봐. 인상 사이클이 시작되는 거 맞아?"

"맞아요."

"양적 긴축은?"

"그건 아직 결정되지 않은 것 같아요. 제가 알기로는 금리 인상이 어느 정도 이루어진 후, 양적 긴축을 시작한다고 들었어요."

"그렇구나."

에미 로섬이 거짓말 할 리 없다.

하지만 그녀의 말을 듣자 한숨이 조용히 흘러나왔다.

연준의 생각은 단순하다.

막대하게 불어난 유동성으로 인해 경제가 다시 불이 붙자 금리 인상을 통해 경제 상황을 조율하겠다는 계획이었다.

금리 인상과 더불어 양적 긴축을 시행하면 겨우 불이 붙은 경제를 다시 꼬꾸러뜨릴 위험이 있다고 생각한 게 분명했다.

바보 같은 자들이다.

판도라의 상자를 다시 닫기 위해서는 상자 안에 있었던 괴물들이 전부 튀어나오기 전이어야 했지만, 연준은 기어코 모든 괴물들을 끄집어내는 행동을 하고 있었다.

"에미, 대답해 줘서 고마워."

"그 정도 질문이었으면 긴장하지 않았을 거예요. 난 당신이 내부 기밀을 말해 달라고 할까 봐 정말 걱정했거든요."

"사실 나는 투자를 하고 있어. 그런데 실력이 부족해서 그런가 계속 손실을 보는 중이야."

"언제부터 투자했는데요?"

"2년 정도 되었어."

"당신은 매년 엄청난 돈을 번다고 알려져 있는데 뭐 하러 투자를 해요. 전문 지식도 없이!"

"그렇게 되었어. 그래서 전부 청산할 생각이야."

이병웅이 어두운 얼굴로 말을 하자 누워 있던 에미 로섬이 자리에서 일어났다.

시트가 벗겨져 가슴이 그대로 노출되었음에도 그녀는 위로하기 위함인지 손을 내밀어 이병웅을 끌어안았다.

"얼마나 잃었어요?"

"3천만 달러."

"세상에… 도대체 어떻게 투자했길래 그 많은 돈을 잃었단 말이에요. 당신 바보에요!"

"그래서 열심히 노래해야 돼. 번 돈을 대부분 잃었거든."

"휴우……."

처연한 표정으로 말하자 에미 로섬의 얼굴이 흐려졌다.

이병웅이 아무리 대단한 가수라 해도 3천만 달러를 잃었다면 타격이 컸을 것이다.

"주식 있는 거 전부 팔아요. 그런 후 비트코인을 사세요."

"비트코인이 뭔데?"

"요새 뜨고 있는 투자 상품이에요. 설명하려면 꽤 긴 시간이 필요하니까 나중에 자세하게 알려 줄게요. 무조건 사세요. 그러면 손실 본 거 만회할 수 있을 거예요."

"왜 사야 되는지 말해 줘야지. 무작정 살 수는 없잖아."

"그건……."

에미 로섬이 잠시 말을 멈추고 이병웅을 바라봤다.

망설이는 기색이 역력한 표정.

하지만 그녀의 망설임은 그리 오래 가지 않았다.

"JP모건의 주도하에 모건 스탠리를 비롯해서 여러 개의 사모펀드들이 달라붙었어요. 무슨 뜻인지 알겠죠?"

*   *   *

호텔로 돌아온 이병웅은 혼자 맥주를 마시며 생각에 잠겼다.

비트코인을 꾸준히 매수하면서 누군가 가격을 조작하는 중이고 그 세력에게서 어딘지 모를 음모의 냄새를 맡았지만, 에미 로섬에게 비트코인의 매집 주체가 JP모건이란 소릴 듣자 망치로 머리를 얻어맞은 것 같은 충격을 받았다.

세계 최대 은행인 JP모건이 비트코인을 건드려?

싸늘하게 올라오는 차가움.

만약 진짜 JP모건이 건드리는 게 맞다면, 이건 단순한 유희로 그칠 일이 아니란 판단이 들었다.

그는 JP모건에 대해서 지금도 꾸준히 자료를 업데이트하며 관찰하는 중이었다.

JP모건의 자본 규모는 얼마나 되는지 아무도 모른다.

산하에 모건 스탠리까지 컨트롤하고 있으니 그들의 자본은 천문학적인 수준일 것이다.

오죽하면 유럽 최대 은행인 도이치방크가 JP모건이 지닌 자본금의 5%에 불과하단 추측이 나오겠나.

암중에서 세계를 지배하는 세력의 전위부대로 이병웅은 JP모건을 염두에 두고 있었다.

세계를 지배하는 미국의 심장, 연준을 차지하고 들어앉은

JP모건은 세계경제를 한손에 쥔 채 휘두를 수 있는 힘이 있고 지금도 금융시장에서 독보적인 막강한 위력을 행사하기 때문이었다.

세상을 휩쓸었던 2008년 금융 위기에서 그들만이 아무런 타격을 받지 않은 채 베어스턴스를 인수하는 괴력을 보여 주었다.

JP모건의 설립자가 주니어스 S. 모건이라는 사실을 이병웅은 믿지 않았다.

그의 선조는 영국에서 넘어온 부랑자였음에도 1837년 JP모건을 설립한 후 미국 경제의 심장을 차지하기까지 단 한 번의 실패도 기록하지 않았고, 결국은 미국을 집어삼키는 괴물을 만들어 냈다.

누군가의 도움이 없었다면 절대 불가능한 일.

아무리 그의 능력이 뛰어나다 해도 거대 집단의 지원이 없는 이상 미국이란 거인을 집어 삼키지 못한다.

그런 자들이 비트코인을 건드린다는 건 거대한 음모가 숨어 있다는 뜻이 된다.

그랬기에 이병웅은 슬그머니 이를 악물었다.

아직, 그들과 싸울 생각은 없다.

아니 처음부터 그들과 정면으로 싸우려는 생각조차 갖지 않았다.

세계를 지배하는 자들과의 싸움은 자살행위나 다름없다.

웬만한 국가 정도는 통으로 날려 버리는 그들의 막강한 자본력을 상대로 전면전을 벌인다는 건 자신은 물론이고 대한민국 전체를 위험에 빠뜨리는 짓이다.

보지 않았나.

1998년 IMF 당시, 통째로 대한민국이 날아가는 장면을.

그가 원하는 것은 오직 하나.

그들의 영향력에서 벗어나 온전한 제국을 건설하는 것뿐.

JP모건과 암중 세력의 움직임을 포착하기 위해 애를 쓰는 건 그들의 행동 패턴을 읽고 자신의 자산과 기업들을 유지하기 위함이었다.

그들이 아무리 막강한 힘을 지녔다 해도 4차 산업 분야를 선점한다면 버틸 힘이 생긴다.

그래서 벌어들인 돈을 '갤럭시' 쪽으로 미친놈처럼 쏟아붓는 것이다.

*   *   *

"'갤럭시'의 동향은?"

"현재, 공장 진척이 70% 진행된 상태입니다."

"준공이 2년 후라고 했지?"

"그렇습니다."

"휴우… 기대되는구먼."

"'갤럭시' 측은 마지막 보완을 위해 피치를 올리는 중이랍니다. 아마, '쥬피터'가 완벽한 성능을 보여 준다면 자동차 시장에 일대 변혁을 가져올 것입니다. 자체 충전 방식은 세계에서 가장 앞선 기술이니까요."

"정말 대단해. 자체 충전 방식을 개발하다니… 자네가 생각할 때 '쥬피터'가 생산되면 시장 점유율이 얼마나 될 것 같나?"

"저희한테 들어온 정보에 따르면 '갤럭시' 측에서는 네 가지 모델을 생산한다고 합니다. 소형, 중형, 대형승용차와 SUV차량입니다. 아직 '갤럭시' 측에서는 판매 가격과 배기량, 주행속도, 배터리 교체 기간 등 중요 자료들을 내놓고 있지 않습니다. 아직 보완 중이라 그런 것 같은데… 제 생각에는 그것들이 나와 봐야 경쟁력을 측정할 수 있을 것 같습니다."

산업 정책 실장의 보고를 받은 산자부 장관 신상욱이 고개를 끄덕이며 손가락을 튕겨 탁자를 두들겼다.

그가 뭔가를 생각할 때 늘 하던 버릇이었다.

"국제특허로 올라간 것만 100개가 넘는다며?"

"정확하게 107건입니다. 자체 충전 방식부터 2차 전지 속도 조절 시스템, 주변 인식 장치, 차선 이탈 제어 등 엄청나게 많습니다."

"승인은?"

"워낙 독보적인 기술들이고 다른 나라에서 개발된 것과 완전히 다른 방식이라 트집 잡을 게 전혀 없다더군요. 이미 그중 반은 나왔고, 나머지도 정보에 따르면 곧 나올 거랍니다."

"난 요새 어안이 벙벙해. 꼭 도깨비방망이로 머리를 두들겨 맞은 느낌이야. '헤르메스', 'XF—7', '헤스티아' 이 3개 제품 때문에 국가 GDP가 1.5%나 상승했어. 그런 마당에 세상을 깜짝 놀라게 할 수 있는 전기 차가 출시되면 우리나라 전체가 하늘로 비상하게 될 거야. 안 그래?"

"그렇습니다. '쥬피터'가 제대로 완성되기만 한다면 대한민국의 국가 경쟁력은 엄청나게 올라갈 게 틀림없습니다."

"정 실장, '쥬피터' 생산은 대통령님도 커다란 관심을 가시고 계셔. 공장이 준공되면 무조건 가 보시겠다고 했단 말일세."

"들었습니다."

"걱정되는 건 아직 '쥬피터'가 완성되지 않았다는 건데, 우리가 뭐 도와줄 거 없어?"

"주요 개발은 이미 다 끝났고 몇몇 미비한 곳에 대한 보완 작업이 진행 중이라고 합니다. 그렇지 않아도 '갤럭시' 측과 회의를 하면서 필요한 게 있으면 언제든지 말하라고 했습니다. 국가의 운명이 걸린 일이니 최선을 다해 돕겠다고 했습니다."

"잘했어."

신상욱이 푸근하게 웃으며 칭찬을 했지만 정 실장은 웃지 않았다.

그는 뭔가 걱정거리가 있는 것 같았는데 잠시 망설이다가 입을 열었다.

"장관님, 국회의원들이 최근 들어 '쥬피터'의 개발을 가지고 시비를 걸기 시작했습니다. 아무래도 정문자동차가 움직인 것 같습니다."

"뭔 시비?"

"지금까지 정부는 정문자동차가 개발 중인 수소차를 국가 전략으로 선택했고 집중 지원 해 왔습니다만, '쥬피터'의 개발로 전략 수정을 하고 있는 중입니다. 국회의원들은 그 부분을 집중적으로 공격하고 있습니다."

"그럼, 앞이 보이지 않는 것에 계속 몰빵하란 말이야?"

"국회의원들 중 상당수가 정문자동차의 지원을 받아 왔습니다. 그러니, 그들도 어쩔 수 없었을 겁니다."

"바보 같은 놈들. 지들도 눈깔이 있으면 보고 들었을 거 아냐. 다른 나라는 훨훨 날아가고 있는데 지금까지 단물만 빨아먹으며 기술 개발에 등한시하다가 이제 와서 잡아먹힐 것 같으니까 뒷북을 쳐. 거기에 부화뇌동하는 놈들은 또 뭐고. 전부 개새끼들이야. 정 실장, 국회의원들 떠드는 건 내가 책임지고 막을 테니까 신경 쓰지 마."

"알겠습니다. 하지만 장관님. 우리는 기존 국내자동차에 대해서도 검토가 필요합니다. 단시간 내에 고사를 하게 되면 경제에 주는 타격이 만만치 않을 겁니다. '쥬피터'는 모든 공정이 자동으로 이루어지기 때문에 상당한 실직자가 발생할 수 있습니다. 그렇게 되면 정권에 상당한 부담이 됩니다."

당연한 말이다.

자동차 회사에 근무하는 노동 인력과 협력사의 직원들까지 감안한다면 '쥬피터'가 본격 생산되어 기존 자동차 시장이 죽었을 때 수많은 실직자가 양산될 것이다.

정부로서는 상당한 부담이 될 수밖에 없는 사안.

그럼에도 정 실장의 말을 들은 신상욱 장관은 조금도 개의치 않고 자신 있게 입을 열었다.

"그 건은 이미 기재부 장관과 협의를 거쳐 대통령님한테까지 보고한 내용이야. 정 실장, 나도 이번 정권의 핵심인데 왜 부담이 안 되겠나. 하지만 진짜 중요한 건 정권의 유지가 아니라 대한민국의 발전일세. 대한민국의 발전을 위해서라면 작은 것에 연연하지 않고 밀어붙여야 되는 게 정부가 할 일이야. 그러니, 정 실장은 다른 건 신경 쓰지 말고 '쥬피터'가 잘될 수 있도록 도와주기나 해. 내 말 알겠지?"

　　　　*　　　　*　　　　*

　민주한국당 원내 대표 이길용은 당내 중진 서영훈, 정청수와 함께 식사를 했다.

　그들은 차기 대권을 노리는 이길용의 수족들로 왼팔, 오른팔과 같은 자들이었다.

　민한당의 주역들.

　국회 165석을 차지하고 있는 민한당은 야당인 민통당을 압도할 정도로 거대 야당이다.

　"여전히, 대답이 없나?"

　"죄송합니다. 아무래도 이자들은 뜨거운 맛을 봐야 할 것 같습니다."

　"재밌는 놈들이군. 거기 윤명호가 산자부차관 출신이라며?"

　"그렇습니다."

　"차관 출신이라면 세상 돌아가는 걸 잘 알 텐데, 왜 그러는 것 같아?"

　"정부가 적극적으로 지원하기 때문인 것 같습니다. 그걸 믿고 콧대를 세우는 것으로 판단됩니다."

　"정부가 적극 지원 한다… 그렇다면 그자들은 민주통일당에 올 인 한 건가?"

　이길용이 눈을 빛내며 묻자 서영훈이 당혹스러운 표정을

지었다.

"눈치를 보니 그것도 아닌 것 같습니다. 민통당 자금담당은 최민국이 맡고 있는데, 저번에 만나 술을 마실 때 하소연을 하더군요. 그자들이 전혀 신경 쓰지 않는다면서……."

"정치권에는 아예 줄을 안 댄다?"

"그게 아니라면 정권에만 충성하는 것일 수도 있겠죠."

"범 무서운지 모르는 하룻강아지들인 모양이군. 그것도 아니라면 아예 간을 배 밖으로 꺼내 놓고 사는 놈들이거나."

"제가 한번 만나 보겠습니다. 이제 얼마 안 있으면 총선인데, 그냥 둘 수는 없는 거 아니겠습니까?"

"다른 데는?"

"이미 성의를 보였습니다. 다들 이전 수준입니다."

"민통당 쪽에도 갔겠지?"

"그렇겠죠. 기업들은 카멜레온 같은 자들이니까요."

"철저하게 관리해야 돼. 지금은 예전과 달라서 한 건만 터져도 당이 충격을 받는단 말이야."

"몇 번을 돌렸습니다. 요즘은 만나서 받는 짓은 하지 않습니다."

"어쨌든 자네가 문제 안 되도록 잘해야 돼. 그리고 그자들… 만나 봐. 그놈들이 벌어들이는 금액은 삼전을 빼면 다른 놈들 전부 다 합친 것과 비슷해. 이익금으로만 따지면 삼전보다 2배는 더 많다고 하더군. 이번 기회에 길을 반드시 터 놔야 해. 그래야 총선도, 대선도 치를 거 아닌가."

"알겠습니다."

두 사람이 고개를 숙이며 대답하자 이길용이 무표정한 얼굴로 술을 들이켰다.

세상은 많이 변했다.

그럼에도 정치권에서 영원히 변할 수 없는 게 있다.

바로 기업들로부터 받은 정치자금이 그것이다.

국민들의 눈이 무서워 말도 안 되는 정치자금법이 계속 유지된다면 이런 행태는 영원히 지속될 것이다.

총선과 대선에 필요한 자금은 정부에서 지원해 주는 금액과 후원금만으로는 턱도 없이 부족하다.

그래서 기업들의 불법 지원이 반드시 필요한 것이다.

권력을 위해 싸우는 자들에게 자금은 총알이나 다름없기 때문이다.

총알 없는 빈총을 들고 싸운다면 누가 이길 수 있단 말인가.

* * *

이현미와 설영준은 거실에서 텔레비전을 보다가 인상을 잔

뚝 찌푸렸다.

TBC 뉴스에서 국정감사 내용을 간추려 보도하고 있었는데, 국회의원들이 '헤르메스'와 '헤스티아'의 효능에 대해 계속 의문을 제시하고 있었기 때문이었다.

"저 사람들 뭐야. 왜 저런 짓을 하지?"

"글쎄, 모르겠네. 우리 회사 동료들은 전부 살이 빠졌다고 그러던데, 무슨 소린지 모르겠어. 당장 나만해도 '헤르메스'를 신고 5㎏이나 빠졌잖아. 당신도 많이 빠졌지?"

"응, 나도 3㎏이나 빠졌어. 나같이 운동 안 하는 사람도 신발만 바꾸고 그렇게 빠졌는데, 저게 뭔 소리래?"

"저번에 텔레비전에서는 특집 방송도 했잖아. '헤르메스' 때문에 한국 사람들 비만도가 대폭 낮아졌다면서 기적의 상품이라고 했는데 웃긴 사람들이네."

"아무래도 뭔가 있는 것 같아. 원래 국회의원들이 막 떠들 땐 뭔가 있는 거 아냐?"

"햐아, 당신 똑똑해졌다. 이젠 아무거나 막 믿고 그러지 않는 걸 보니 대단해."

"쳇, 그게 똑똑해진 거냐. 사람들이 다 아는 내용이잖아."

이현미가 입을 삐죽 내밀자 설영준이 낄낄 웃었다.

때맞춰 보도를 하던 앵커가 자신도 이해 가지 않는다는 표정으로 국회의원들의 질문에 반박하는 말을 했다.

'헤르메스'와 '헤스티아'가 사회에 주는 장점이 얼마나 큰지 도표로 설명되고 있었다.

"헤스티아는 왜 씹어. 난 당신이 담배 끊고 그거 피우면서 얼마나 행복한데 저런 소리를 하는지 모르겠어."

"냅둬. 저러다 말겠지."

"요즘은 사무실에서도 '헤스티아'를 피우도록 허락해 줬다며?"

"응, 그래서 사무실 냄새가 좋아. 독하지 않고 은은해서 좋은 냄새가 사무실에 가득해. 그런데 여자들까지 피우니까 조금 이상하긴 하더라."

"그거, 당신이 성불평등 사상에 젖어 있어서 그래. 일반 담배도 아니고 건강식품인데, 같이 피우는 게 어때서?"

"그냥 그렇다는 거지. 왜 쩨려보고 그래. 내가 언제 당신 불평등하게 대접한 거 있어?"

"흥, 말투가 그렇잖아, 말투가."

"어쨌든, 난 요새 담배 끊어서 좋아. 담배 피울 때는 일어나면 가래가 끓고 조금만 달리면 숨이 가빴는데, 그런 게 전혀 없어. 건강식품으로서의 효능이 어떨진 몰라도 몸이 나빠지지 않은 건 확실한 거 같아."

"거의 다 떨어졌더라. 내가 가서 한 보루 사 올게. 그거 얼마나 잘 팔리는지, 아침 일찍 가서 사 와야 해."

"땡큐!"

"호호… 고맙긴. 오히려 내가 고맙지. 요즘 당신 그거 피우고 나서 훨씬 밤일이 좋아졌어. 시간도 길어지고 힘도 좋아져서 내가 얼마나 행복한데."

이현미가 배시시 웃음을 짓자 설영준의 눈이 반짝거렸다.

갑자기 아내가 요염한 표정을 짓자 아랫도리가 불끈 달아올랐기 때문이었다.

"이리 와 봐. 자기, 입술이 반짝거리는 것 같아. 뭐 묻었나?"

"뭐가 묻어?"

"내가 닦아 줄게."

설영준이 말을 마치며 이현미의 입술을 덮쳤다.

그의 갑작스러운 행동에 이현미가 기겁을 했으나 곧 그녀의 저항은 살며시 사라졌고 대신 뒤에 처져 있던 손이 올라오며 설영준의 목을 감쌌다.

요즘 들어 이런 일이 잦았다.

딱 꼬집어 '헤스티아'의 영향 때문이라 말은 못 하지만 남편은 담배를 끊고 '헤스티아'를 피우면서부터 수시로 그녀를 덮쳐 왔다.

*　　　　*　　　　*

"회장님, 민한당의 서영훈 의원님이 오후 3시에 방문하시겠다고 알려왔습니다. 일단 회장님 스케줄을 확인하고 다시 전화드린다고 했어요."

"서영훈?"

비서의 보고를 받은 윤명호의 표정이 살짝 찌푸려졌다.

요즘 들어 국회의원들의 비토가 발작적으로 생산되며 '이지스'가 오르내리는 중이었다.

그들은 '헤르메스'와 '헤스티아'의 효능에 의문을 끊임없이 제기하며 '이지스'를 협박하고 있었다.

여, 야가 전부 나선 공격.

이유는 간단하다.

'이지스'가 그동안 한 번도 정치자금을 내놓지 않은 것이 그 이유다.

"오시라고 하세요. 만나려는 사람은 만나줘야지."

윤명호가 빙긋 웃으며 비서를 내보냈다.

하지만 비서가 나가자 입술 끝을 끌어 올리며 탁자를 쾅하고 내리쳤다.

저번에는 여당에서 오더니, 이번에는 야당이다.

이 나라는 아직도 정신을 못 차린 자들투성이인데, 유독 정치 쪽이 심했다.

깨끗한 정치를 부르짖으며 떠들면 무슨 소용이란 말인가.

뒤에서는 온갖 더러운 냄새가 풀풀 풍기면서 국민의 삶은 뒷전으로 미루고 오로지 권력을 차지하기 위해 열을 올리니 아직도 대한민국의 정치는 멀고도 멀었다.

산자부차관 출신인 그가 왜 이런 행태를 모르겠는가.

처음에는 그 역시 거대 정당들에 후원금을 보내야만 사업이 원활하게 진행될 수 있다고 생각했다.

하지만 이병웅은 단칼에 잘라 버렸기에 더 이상 그런 생각을 하지 않았다.

절대 불법을 저지르지 말라는 그의 지시는 너무 단호해서 어길 엄두조차 낼 수 없을 만큼 강한 것이었다.

그동안 정치인들의 압박을 버틸 수 있었던 건 정부의 전폭적인 지지와 언론을 장악한 결과였다.

정부의 입장에서 봤을 때 '이지스'는 효자 중의 효자였다.

엄청난 달러를 벌어들여 외환 보유고를 올려 줬고, GDP 상승률이 대폭 올라간 것도 '이지스'의 덕분이었다.

그랬기에 정부에서는 '이지스'가 원하는 건 열 일 젖히고 도와줬다.

더군다나, 이병웅은 다른 건 몰라도 완벽하게 언론을 장악하는 전략을 펼쳤는데, 방송과 신문에 막대한 광고를 뿌렸고 이지스 관련 기자들을 철저하게 관리해서 적대적인 기사들이 나가지 못하도록 방어했다.

그랬기 때문에 국회의원들이 떠드는 내용들은 거의 방송이나 언론에서 거론되지 않았던 것이다.

오후 3시가 되자 서영훈이 회장실로 들어왔다.

더없이 공손한 자세.

비록 야당의 중진 의원이었고 차기 정권의 유력한 실세였으나, 서영훈은 회장실로 들어서며 공손한 자세로 인사를 건네왔다.

당연한 일이다.

'이지스'의 회장 윤명호는 이제 대한민국에서 그 누구도 함부로 대할 수 없는 위치에 있었다.

매출 규모 120조의 거대 기업을 이끄는 총수를 누가 감히 소홀하게 대할 수 있단 말인가.

"회장님, 안녕하셨습니까. 오랜만에 뵙겠습니다."

"어서 오세요. 자, 앉으시죠."

인사한 윤명호가 가볍게 악수를 한 후 서영훈의 반대편에 앉았다.

비서가 차를 내놓을 때까지 두 사람은 '이지스'의 사업과 관련한 내용들을 말하며 시간을 보냈다.

적어도 그들은 늑대 이상의 맹수들이다.

상대의 목을 물어뜯기 전 미리 맹렬한 적의와 타이밍을 내보일 만큼 허술한 사람들이 아니란 뜻이다.

본격적인 탐색전이 벌어지지 시작한 것은 커피를 한 모금 마신 후부터였다.

"갤럭시가 출시하는 전기 차가 나오면 수많은 실직자가 생길 겁니다. 사회적인 문제가 될 것 같아 우리 당에서는 고민이 많습니다."

"정문자동차가 잘 해결하겠지요. 그쪽에서 부족한 부분은 저희들이 도울 생각입니다."

"그렇게 단순한 문제가 아니에요. 사회적으로 합의가 필요한 부분입니다. 아니, 어쩌면 '쥬피터'의 생산을 뒤로 미뤄야 될지 몰라요. 지금까지 자동차는 우리나라 경제를 끌어온 주축 중 하나였습니다. 그런 산업이 단박에 무너진다면 엄청난 충격이 몰려올 테니까요."

맞는 말이기도, 틀린 말이기도 하다.

혁신이란 것은 언제나 발전에 따른 고통을 수반하기 때문이다.

그렇다고 혁신을 하지 않는다면 국가는 도태되고, 결국은 다른 나라의 경제 지배를 받게 되는 후진국으로 남게 된다.

무엇을 선택할 것인가.

당연히 혁신을 선택하는 것이 대한민국이 살아남는 길이다.

그럼에도 이들은 혁신에 따른 기득권의 고통을 말하며 은

근한 협박을 해오고 있었다.

길게 이야기하고 싶지 않다.

그랬기에 윤명호는 서영훈의 얼굴을 빤히 쳐다보며 야릇한 미소를 내비췄다.

"쥬피터가 생산되면 대한민국은 세계 최강의 국가로 올라설 수 있습니다. 그건 삼척동자도 아는 일이죠. 그런데 기껏 발생되는 실업자와 중소기업의 부도 때문에 포기하란 말입니까?"

"시간 조절이 필요하단 뜻이었습니다."

"그러다가 남들이 치고 올라오면요. 지금 세상은 무섭게 변하고 있습니다. 우리는 정부의 지원을 단 한 푼도 받지 않고 '쥬피터'를 개발해 냈습니다. 중국이나 유럽, 일본의 예를 들어볼까요. 그 나라들은 전기 차 생산을 위해 매년 3조 이상의 지원을 해 줬습니다. 그건 아십니까?"

"음……."

"외국의 예를 들 필요도 없겠군요. 우리가 '쥬피터'를 연구 개발 하는 동안, 정부에서는 정문자동차의 수소차 개발에 엄청난 지원을 해 왔습니다. 부탁하건대… 우리를 그냥 놔두세요. 보고만 계시면 우리가 알아서 세계를 정복하겠습니다. 그러니 방해만 하지 말아 주세요. 우리는 그런 이유로 '쥬피터'의 생산을 연기하지 않을 겁니다."

"'이지스'의 혁신은 우리 당도 감탄하고 있습니다. 대한민국을 위해 정말 훌륭한 일을 하고 계신다는 거 잘 알고 있어요."

"그런데, 왜 우리 못 잡아먹어서 안달이죠. 정치자금 때문인가요?"

"아니… 회장님. 그렇게 말씀하시면……."

"그게 아니란 말입니까?"

윤명호가 빤히 쳐다보면서 항복하란 표정을 짓자 서영훈의 입에서 긴 한숨이 흘러나왔다.

어차피 이것 때문에 왔으니 이젠 승부를 볼 때가 되었다.

"좋습니다. 회장님께서 먼저 꺼냈으니 솔직하게 말씀드리죠. 기업은 정치와 떼려야 뗄 수 없는 관계입니다. 기업이 잘되기 위해서는 정치의 지원을 받아야 된다는 거 잘 알고 계시잖습니까. 총선에도, 대선에도 막대한 비용이 들어가기 때문에 정치자금이 절실하게 필요합니다. 그것만 해결되면 우리 당은 '이지스'의 사업에 전폭적인 지원을 아끼지 않겠습니다. 그러니, 회장님. 성의를 보여 주시면 안 되겠습니까?"

"누가 그러던가요?"

"무슨… 말씀이신지……?"

"기업과 정치가 떼려야 뗄 수 없는 관계라고 누가 그럽니까. 왜 기업과 정치가 공생 관계라고 말하는 겁니까. 과거의 구태의연한 사고방식. 불법으로 기업을 지원해 줬던 과거의 그 더러운 관계를 언제까지 이어 나갈 생각입니까!"

"회장님!"

"우리 '이지스'는 절대 그런 짓을 하지 않을 겁니다. 돈이 필요하면 정정당당하게 말씀하세요. 법이 정하는 범위 내에서 '이지스'가 후원해 드리겠습니다. 그러면 된 거 아닌가요?"

*　　　　*　　　　*

'갤럭시'에는 연구원만 600명이 근무한다.

6개 분야 20명에서 출발했던 연구 인력은 매년 급격히 증원되었는데, 최고의 연봉과 복지 서비스를 제공하며 스카우트한 천재들이 대부분이었다.

미국에서도 100여 명이 넘어왔다.

미국 기업들을 폐쇄할 때 연구 인력들은 '갤럭시'의 스카우트 제의를 마다하지 않았다.

갤럭시가 보유한 연구 시설과 자금 지원은 세계 어디서도 찾아보기 힘들 만큼 훌륭했기 때문이었다.

미국에서 3일 전에 귀국한 이병웅은 정설아와 함께 '갤럭시'의 동탄 연구 단지로 들어섰다.

동탄 연구 단지는 2천만 평의 규모를 자랑했는데, 70여 개의 연구 시설과 각종 실험장이 곳곳에 자리 잡았고 '쥬피터'의 생산 공장도 이곳에 있었다.

"회장님, 어서오십시오."

"안녕하세요. 오랜만에 뵙겠습니다. 더 젊어지신 것 같네요."

"허허… 그런가요? 하지만 그 말씀은 믿기 어렵네요. 요즘 워낙 신경 쓸 게 많아서 흰머리가 부쩍 늘었거든요."

"정말입니다. 피부가 더 좋아지신 것 같아요."

빈말이라기보다는 바람 같은 거다.

'갤럭시'를 총 책임지고 있는 김윤석 박사는 MIT공대에서 박사 학위를 취득하고 카이스트에서 근무하다 왔는데, 인공지능 분야에서 세계적인 명성을 얻고 있는 사람이었다.

벌써 '갤럭시'에서 근무한 지 8년째.

그동안 그는 4차 산업의 분야별 연구 개발을 이끌며 혁신을 이끌어 냈다.

물론 그 이면에는 세계 최고의 기술을 자랑하던 미국 기업들의 기술들이 바탕되었지만, 그가 아니었다면 '갤럭시'가 이렇게 발전되기는 힘들었을 것이다.

"오늘은 보여 주실 게 많다고 들었습니다."

"그렇습니다. 회장님께 보여 드릴 게 많아요. 오늘 하루는 꼬박 저한테 시간을 내주셔야 될 겁니다. 일단 차부터 드시면서 설명을 드리겠습니다. 이쪽으로 오시죠."

김윤석 박사의 안내에 따라 그의 집무실로 들어서자 커다란 액자가 눈으로 들어왔다.

'꿈을 쫓는 이상, 꿈을 이루는 갤럭시, 꿈을 현실로.'

"멋있는 글귀네요."

"우리가 추구하는 것이 바로 저것이니까요."

"그렇죠. 제가 바라는 것도 그런 겁니다."

"회장님 덕분에 갤럭시는 세계 최고의 기술들을 지배하게 되었습니다. '갤럭시'의 연구진을 대표해서 정말 감사드립니다."

"별말씀을요……."

김윤석 박사가 말하는 건 연구 자금 지원이었다.

지금까지 그가 올린 연구 자금을 '제우스'는 한 번도 토를 달지 않고 지원해 주었다.

어떤 연구 기관이 이런 지원을 받을 수 있단 말인가.

천문학적인 자금.

매년 5조 이상씩 퍼붓는 '제우스'의 지원은 세계 어떤 기업에서도 볼 수 없는 것이었다.

"간략하게 오늘 보실 제품들을 설명드리겠습니다. 제가 회장님 정체를 연구진에게 속이는 것 때문에 고민이 많아요. 먼저 간략하게 제 설명을 들으시고 자세한 건 분야별 연구 책임자에게 듣는 걸로 하시죠."

"하하… 죄송합니다."

"오늘도 회장님이 오신다니까 연구진들이 난리가 났습니다.

여자 연구원들은 아예 아침부터 화장하느라 정신이 없었어요."

"뭐라고 하셨나요?"

"앞으로 갤럭시 전속 광고 모델이 되실 거라고 말했습니다."

"아주 거짓말은 아니군요."

그럴듯한 변명이었고 사실이기도 했다.

앞으로 생산되는 갤럭시의 모든 제품들은 이병웅이 전속 모델을 할 작정이었다.

"오늘 보실 건 전부 5가지입니다. 아직 완성품은 아니지만 1년 이내에 초기 모델들이 나올 수 있는 것들입니다. 먼저 가상현실팀이 개발한 '아레스—1'입니다. '아레스—1'은……."

김윤석 박사의 설명을 들으며 이병웅의 입이 점점 벌어졌다.

가상현실 게임 '아레스—1'은 특수하게 제작된 글라스캡을 쓴 채 전쟁에 참여하는 게임이었는데, 기존의 액션게임과 다르게 컨트롤러를 쓰지 않고 게임자가 직접 움직이며 플레이하는 시스템이었다.

"아직 초기 모델이라 손과 발에 특수 장치를 장착해야 되지만, 이것만으로도 지금까지 나와 있는 어떤 게임보다 진화된 것입니다. 나중에 직접 체험해 보시면 알겠지만 모든 그래픽이 진짜 현실처럼 느껴질 정도로 완벽합니다."

"그 정도라면 대단한 파괴력이 있겠군요."

"저희들도 그렇게 예상하고 있습니다. 플레이어가 직접 자신의 신체 구조를 만들어 전장에서 활동하게 됩니다. 가상현실답게 4D 입체 영상을 제공하기 때문에 현실감이 뛰어나죠."

"초기 모델이라고 하셨는데, 후속 모델도 연구되고 있나요?"

"당연하죠. 가상현실팀이 추구하는 건 가상현실 세계를 실제와 똑같이 구현하는 것입니다. '아레스—1'의 후속 모델은 플레이어의 뇌파를 직접 읽을 수 있도록 진화시킨 것입니다. 그렇게 되면 손발의 장치를 없애고 글래스캡 하나로 운용될 수 있습니다."

"정말 대단하군요."

"아직 감탄하긴 이릅니다. 가상현실팀은 앞으로 게임뿐만 아니라 현실에서 이뤄질 수 있는 모든 것들을 개발해 나갈 예정입니다. 쉽게 말해서 인간들이 할 수 있는 일들. 스포츠나 취미 활동, 심지어 연애까지 포함되죠."

김윤석 박사가 정설아의 눈치를 보면서 돌려 말했지만, 이병웅은 금방 눈치채고 또다시 입을 떡 벌렸다.

그가 말한 연애는 결국 가상현실에서 마음에 드는 여자와 잠자리까지 할 수 있다는 걸 의미한다.

현실에서는 전혀 꿈꾸지 못했던 여자와의 하룻밤.

쉽게 말해 세상에서 가장 아름답다는 여자들과 데이트를

할 수 있다는 뜻이다.

빨리 보고 싶었다.

'갤럭시'에서 만들어 낸 가상현실이 어떤 수준인지 궁금해서 미칠 지경이었다.

"두 번째는 양자 컴퓨터입니다. '꿈의 컴퓨터'라 불리는 양자 컴퓨터는 현재 수많은 국가와 기업에서 연구하고 있으나 성공한 국가는 아무도 없습니다. 그걸 저희 '갤럭시' 양자연구팀이 성공했습니다. 아직 초기 모델이지만 미국이 자랑하는 슈퍼컴퓨터보다 연산 속도가 2만 배나 빠르다고 합니다. 저희가 개발한 양자 컴퓨터는 향후 대한민국의 과학기술을 엄청난 속도로 향상시킬 수 있습니다……."

어이가 없어 이젠 말도 나오지 않는다.

비록 초기 모델이라 해도 미국의 슈퍼컴퓨터를 전부 합친 것보다 '갤럭시'가 개발한 양자 컴퓨터가 더 빠르다는 설명에 이병웅은 진심으로 놀라움을 숨기지 못했다.

김윤석 박사의 설명에 따르면 양자 컴퓨터는 정밀 과학 분야와 국방, 항공우주 쪽에서 막강한 위력을 나타낼 것이라고 했다.

어쩌면 당연한 일이다.

슈퍼컴퓨터가 풀어내지 못하는 연산을 해결할 수 있다면 실험을 하지 않고도 핵무기와 ICBM, 인공위성 발사를 가능하게 만들 것이다.

그의 비상한 머리가 무섭게 회전했다.

양자 컴퓨터의 개발은 세계 역학 관계를 단박에 변화시킬 수 있을 정도로 엄청난 파괴력을 지녔기 때문이었다.

"박사님, 이걸 알고 있는 사람들이 있습니까?"

"회사 밖으로 말이죠?"

"그렇습니다."

"양자 컴퓨터 개발은 일주일 전에 완료되었습니다. 그렇기 때문에 아직 유출된 곳은 전혀 없습니다."

"우리가 개발된 기술들은 어떻게 보안되고 있나요?"

"'이지스' 쪽에서 파견한 100여 명의 보안 요원들이 철저하게 통제하고 있습니다. 연구원들은 아무도 연구 실적을 가지고 나가지 못하도록 아예 컴퓨터부터 통제해 놓은 상태입니다."

"잘하셨습니다. 양자 컴퓨터 개발을 특급 기밀로 처리해 주세요. 그 어떤 곳에서도 알면 안 됩니다."

"무슨 말씀인지 알겠습니다. 그렇게 조치해 놓겠습니다."

이병웅의 부탁에 김윤석 박사가 신중한 표정으로 고개를 끄덕였다.

그 역시 금방 무슨 뜻인지 알아챘기 때문이었다.

"마지막으로 보고드릴 건 스페이스비전입니다. 스페이스비전은 공간에 영상을 노출시킬 수 있는 기술을 말합니다. 쉽게 말씀드리면 공간에서 전화 통화, 영화 감상, 게임, 인터넷 검색 등 모든 것을 할 수 있죠."

"그게 정말 가능하단 말입니까?"

"그렇습니다. 저희들이 개발한 것은 '뉴월드-1'입니다. 이것 역시 아직 초기 모델이지만, 몇 년 안에 시판할 수 있을 것 같습니다."

"어떤 장치로 운용되는 거죠?"

"'뉴월드-1'은 손목에 착용하는 구조입니다."

"그렇다면 핸드폰이 별도로 필요 없겠군요."

"맞습니다. 그게 '뉴월드-1'의 가장 강력한 무기입니다."

더 이상 무슨 말이 필요할까.

'갤럭시'가 내놓고 있는 모든 것들이 하나하나 세상을 발칵 뒤집어 놓는 것뿐이다.

상호 보완에 따른 상승 효과.

외국에도 4차 산업 관련 기술들을 수많은 업체들이 연구 중이지만 '갤럭시'의 기술력을 당해 내지 못하는 건 미래 기술들이 통합되어 발전했기 때문이었다.

쉽게 말해 외국의 첨단 기업들은 자신들의 기술을 보호하기 위해 극비로 한 분야에 올 인 했으나, '갤럭시'는 전 분야의 기술들을 공유하면서 극도의 상승효과를 얻었다.

이병웅은 정설아와 함께 전속 광고 모델 자격으로 연구 단지를 돌면서 설명을 듣고 직접 체험까지 하면서 하루를 보냈다.

가상현실 게임 '아레스—1'를 직접 플레이하면서 마치 신세계를 탐험하는 기분이 들었다.

물론 아직 완벽하진 않았지만, 기존 게임과는 차원이 다른 그래픽과 운용 체계였다.

실제로 자신의 움직임에 따라 게임이 플레이되었는데, 직접 전장에서 뛰어다니는 착각이 들 정도였다.

양자 컴퓨터는 일반 컴퓨터의 5배 정도 크기에 불과했다.

그런 컴퓨터가 미국의 슈퍼컴퓨터 성능을 가볍게 깔아뭉갤 정도로 뛰어나다는 게 믿어지지 않을 만큼 작은 크기였다.

'뉴월드—1'은 애플에서 선보이는 워치와 비슷했지만 음성인식 시스템으로 운용되었는데, 설명을 들었음에도 막상 그래픽이 올라오자 깜짝 놀랐다.

아직 영상이 또렷하지 않고 음향의 성능에도 조금 문제가 있었지만 눈으로 보고도 믿지 못할 만큼 놀라운 기술이었다.

온 김에 한참 공사가 진행 중인 '쥬피터' 생산 공장까지 전부 둘러본 후 김윤석 박사의 집무실로 돌아왔다.

마치 꿈을 꾼 것 같은 하루였다.

"정말, 대단했습니다. 김 박사님을 비롯해서 모든 연구진에게 경의를 표하고 싶네요."

"일단 '아레스—1'은 2017년 초에 출시할 예정이고, '뉴월드—1'은 보완 과정을 거쳐 그해 말 정도로 예상하고 있습니다."

"서두르지 않아도 됩니다. 완벽하게 준비된 후에 하셔도 괜찮아요."

"당연히 그래야죠. 하지만 저희도 급합니다. 그동안 워낙 많은 연구 자금이 투입되었기 때문에 연구진들은 하루라도 빨리 성과를 보이고 싶어 합니다."

"생산 공장도 준비해야 될 텐데요?"

제품을 생산하기 위해서는 당연히 '쥬피터'처럼 몇 년에 걸친 사전 준비 작업이 필요한데, 아무런 준비 없이 당장 2017년에 판매하겠다고 하자 의아함을 감출 수 없었다.

그때 정설아가 나서며 조심스럽게 입을 열었다.

"그건… 이미 준비 중이라고 저번에 보고드렸는데 잊으신 모양이네요."

"언제?"

"쥬피터 생산 공장 지을 때 김 박사님이 요청해서 공장 두 개를 더 짓는다고 말씀드렸잖아요. 아까 쥬피터 옆에 있던 건물들 보셨죠. 바로 그게 '아레스—1'과 '뉴월드—1'의 생산 공장들이에요."

"하아."

뒤늦게 생각났다.

1년 전에 정설아가 쥬피터 생산 공장 옆에 추가로 공장을 만든다고 보고했던 게 기억났다.

그때는 무슨 이유로 공장을 짓는 건지 묻지 않았다.

한참 콘서트를 준비 중이었고 회사의 운영에 관한 건 정설아와 윤명호에게 전부 위임한 상태였기에 세부적인 건 가급적 참견하지 않는다는 게 그의 생각이었다.

그리고 보면 자신의 생각은 옳다.

톱니바퀴처럼 돌아가는 조직은 누군가가 개입하는 순간, 바퀴 날이 빠지며 잘못된 길로 접어들게 된다.

더군다나 그것이 자신의 전문 분야가 아니라면 더욱 더 그렇다.

"회장님, 이제 '갤럭시'가 내년부터 본격적으로 세상에 이름을 내놓게 됩니다. 모든 것이 회장님께서 저희를 믿고 끝까지 지원해 주셨기 때문에 가능한 일이었습니다."

"쥬피터의 생산 대수를 얼마나 잡고 계신가요?"

"현재 생산 능력은 한 달에 50만 대까지 가능합니다. 일단 판매가 시작된 후 시장 상황에 따라 공장 증설을 해 나갈 생각입니다."

"부지는요?"

"그것도 이미 매수되어 있습니다. 여기 정 사장님과 '이지스'

의 윤 회장님께서 전부 준비를 해놨습니다. 저희는 연구하고 제품 개발만 할 수 있도록 도와주셔서 사실 제가 한 건 별로 없어요."

"정 사장님, 일 잘하시네요."

"칭찬해 주셔서 고맙습니다."

이병웅이 웃으며 말하자 정설아가 최대한 표정 관리를 하면서 고개를 숙였다.

공은 공이고, 사는 사다.

앞에 김윤석이 없었다면 금방이라도 키스를 할 수 있는 사이였지만, 정설아는 최대한 조심스러운 목소리로 감사를 표했다.

"쥬피터 판매가 시작되면 아마, 자동차 시장 판도가 완벽하게 변할 거예요. 정 사장님, 혹시 '이지스' 쪽에서 예상 판매량을 분석한 게 있나요?"

"당연하죠. '이지스' 기획실의 분석에 따르면 3년 이내에 '쥬피터'의 판매량이 3천만 대에 달할 거라고 해요. 그리고 매년 5백만 대씩 증가하는 것으로 분석되었어요."

"하아, 엄청나군요. 그렇다면 공장 증설이 계속 필요하지 않나요?"

"그건… 갤럭시는 공장 증설을 더 이상 하지 않고 정문과 한성자동차의 부지를 이용할 계획이에요. 어차피 그들은 도태

될 테니까요."

정설아가 김윤석 박사의 눈치를 슬쩍 보면서 말을 했다.

사실, 함부로 말하기 껄끄러운 이야기다.

그동안 한국 시장을 독점했던 정문과 한성자동차의 몰락은 '쥬피터'가 시판되는 순간 정해진 것이나 마찬가지였다.

그럼에도 쉽게 말하지 못하는 건 지금 국회의원들 입에서 흘러나오는 것처럼 그들이 몰락할 경우 수많은 실업자가 양산되기 때문이었다.

제34장
그들의 생각

　이병웅은 '갤럭시'가 있는 동탄에서 돌아와 곧바로 윤명호 회장을 콜했다.

　이런 경우는 드물다.

　가급적 회사 일에 나서지 않았고 정체를 완벽하게 숨기려 노력했기 때문에 호텔로 회사 관계자를 부르는 경우는 드물었다.

　그럼에도 최근 두 번이나 윤명호 회장을 부른 건 이번 일이 그만큼 중요하기 때문이다.

　그가 정체를 노출시키지 않으려는 건 여러 가지 이유가 있었지만, 가장 큰 이유는 세계를 지배하는 암중 세력처럼 자신 역시 모습을 감춘 채 대항하기 위함이었다.

앞으로의 세계는 어떻게 진행될지 알 수 없다.

미국의 연준은 막대한 화폐를 찍어 뿌렸으나 거둬들일 수 있다는 확신이 생기지 않았다.

한번 뿌려진 돈을 거둬들이면 새로운 위기가 생기고 그 위기는 이전과 비교하지 못할 정도로 클 것이기 때문이다.

과연 가능할까?

결코 쉽지 않을 것이다.

거대한 시장에서 돈을 뺀다는 건 어마어마한 충격을 주게 된다.

물론, 그럼에도 현재의 경제 시스템을 유지하기 위해서는 반드시 해야 될 일이지만 정치인들과 연준은 금융시장의 눈치를 보면서 뿌린 돈을 거둬들이지 못할 가능성이 컸다.

"회장님, 찾으셨습니까?"

"어서 오세요. 좋아하시는 커피, 내려놨습니다."

"직접요?"

"회장님을 모셨는데 그 정도는 해야죠."

이병웅이 활짝 웃으며 대답하자 윤명호의 얼굴이 조금 붉어졌다.

지금 그는 '이지스'를 총괄하는 회장으로서 한국 경제에 미치는 영향력이 톱을 기록하고 있었기에 정관계의 인사들은 그를 향해 최대의 공경을 보인다.

하지만 그런 그도 이병웅 앞에서는 긴장의 끈을 늦추지 못했다.

그랬기에 가져온 커피를 한 모금 마신 후 맞은편에 여유 있게 앉은 이병웅의 얼굴을 심각한 표정으로 바라봤다.

"회장님을 오시게 한 건 부탁드릴 게 있기 때문입니다."

"부탁이란 말씀 듣기 부담스럽습니다. 그냥 지시라고 말씀해 주세요."

"별말씀을……."

윤명호가 겸양의 말을 하자 이병웅이 싱긋 웃으며 입으로 커피를 가져갔다.

그런 후 천천히 말을 이어 나갔다.

"갤럭시의 신제품에 대해서 보고받으셨겠죠?"

"그렇습니다. 정말 대단한 제품들이 완성되고 있더군요. 하나하나가 세계경제를 발칵 뒤집어 놓을 만큼 엄청난 기술들이었습니다."

"그래서 말씀인데… 윤 회장님께서 대통령을 한번 만나 주십시오."

"대통령을요?"

"그렇습니다. 우리가 개발한 것 중 양자 컴퓨터가 있습니다.

무슨 말씀인지 짐작하시겠습니까?"

"음……."

"저는 양자 컴퓨터는 대량 생산하지 않을 생각입니다. 이 뜻을 대통령께 정확히 전달하고 향후의 일에 대해서 논의해 주십시오."

이병웅의 말을 들은 윤명호의 표정이 급격하게 굳어졌다.

그 역시 늑대다.

관료 생활을 30년이나 거쳤고, 기업을 하면서 세상을 바라보는 눈은 그 못지않은 경륜을 지녔으니 이병웅의 뜻이 뭔지 금방 눈치챘다.

"무슨 말씀인지 알겠습니다. 곧바로 청와대에 독대 신청을 하겠습니다."

"가능하겠습니까?"

"걱정하지 마십시오. '이지스'의 회장은 그 정도 자격이 됩니다."

*　　　　*　　　　*

윤명호는 회사로 돌아온 후 조용하게 눈을 감았다.

지금 자신의 위치는 산자부차관 시절과 그 격이 달랐지만 막상 대통령에게 독대를 신청하려고 하자 가슴이 답답해졌다.

기업이 국가 일에 나서게 되는 순간 수많은 난관에 봉착하게 된다.

더군다나, 이병웅이 하려는 일은 '이지스'에게 치명적인 위험이 담겨 있었다.

그럼에도 그는 천천히 전화기를 들었다.

이병웅은 '이지스'의 실질적인 주인이었고 그의 의지가 지금의 '이지스'를 만들어 낸 이상 거역한다는 건 있을 수 없는 일이다.

지금까지 정치인들과 가급적 연관을 맺지 않으려 노력했다.

'이지스'의 자회사들이 만들어 낸 제품은 독점적 위치에서 세계시장을 장악하고 있으니 굳이 정부나 정치인들에게 굽실거릴 필요도 없었다.

"여보세요, 실장님. 안녕하십니까, 윤명호입니다."

"누구시라고요?"

정체를 알아채지 못한 목소리가 반문을 해 오자 윤명호의 얼굴에서 쓴웃음이 떠올랐다.

두 번이나 만났지만 대통령 비서실장은 자신의 소개를 쉽게 받아들이지 못했다.

그만큼 평소에 친분을 갖지 않았고 전화조차 한 적이 없다.

"'이지스'의 윤명호 회장입니다."

"아이고, 회장님. 죄송합니다."

"그동안 잘 계셨나요?"

"저야… 그런데 회장님께서 어쩐 일로……?"

"제가 대통령님을 뵙고자 합니다. 시간 약속을 잡아 주실 수 있겠습니까?"

"대통령님을요? 무슨 일인지 말씀해 주셔야……."

"중요하게 드릴 말씀이 있습니다. 저는 대통령님과 독대를 원합니다."

윤명호의 말을 들은 비서실장에게서 아무런 말도 나오지 않았다.

전혀 뜻밖의 제안에 잠시 충격을 받은 게 분명했다.

"회장님, 대통령님은 기업인과 독대를 하지 않으십니다. 독대만 아니라면 제가 말씀은 드려 보지요."

"독대라야 합니다."

"꼭 독대라야 하는 겁니까?"

"그렇습니다."

"알겠습니다. 그럼 말씀을 드려 보겠습니다."

전화가 끊겼다.

세상을 오래 살다 보면 상대의 말투만 들어도 앞으로의 일이 예상된다.

비서실장의 말투는 절대 호의적이지 않았다.

그 말은 독대가 성사되지 않을 수도 있다는 걸 의미했다.

하긴, 과거의 자신이었다면 말도 안 되는 소리였을 것이다.

그럼에도 가능성은 충분하다.

비서실장이 강력하게 안 된다며 자르지 못한 것은 '이지스'가 대한민국을 한 단계 발전시킨 장본인이었기 때문이었다.

＊　　　　＊　　　　＊

청와대 대통령 비서실장 장춘진은 접견실로 들어서는 윤명호를 바라보며 정중하게 인사를 했다.

단 5년 만에 대한민국 재계의 거물이 된 남자.

매출 규모 120조에 달하는 초거대 기업의 총수였고, 매출 순이익으로만 따지면 다른 기업들의 추종을 불허할 정도다.

'이지스'로 인해 GDP 성장률이 단숨에 1.5%나 증가되었으니 윤명호는 이번 정권의 은인이나 다름없었다.

"회장님, 어서 오십시오."

"무리한 부탁을 드려 죄송합니다."

"독대는 원칙적으로 제한되어 있습니다. 회장님 다시 한번 재고하시는 게 어떻습니까. 만약 이게 노출이 된다면 대통령님도 회장님 엄청난 부담을 안게 될 것입니다."

"대통령님께서는 뭐라 하셨습니까?"

"한참 동안 고민하셨습니다. 그러다 결국 허락을 하셨지요."

"오늘, 제가 드리고자 하는 말씀은 어쩌면 대한민국의 운명이 달린 것입니다. 대통령님이 부담을 가져도 될 만큼. 그러니, 실장님 저를 들여보내 주십시오."

"알겠습니다. 그럼, 가시죠. 기다리고 계십니다."

비서실장의 안내를 받은 윤명호는 곧장 대통령 집무실로 향했다.

관료가 아닌 기업인이 집무실에 들어가는 경우는 없다.

대통령 집무실은 대한민국의 국정 운영을 시행하는 장소였고, 이곳에서 모든 정책이 결정되었기에 기업인이 들어간다는 것은 불가능에 가까운 일이다.

그럼에도 윤명호가 집무실에서 접견해 달라고 부탁한 것은 최첨단 도청 방지 시설이 펼쳐져 있기 때문이었다.

윤명호가 들어서자 책상에 앉아 서류를 보던 대통령이 자리에서 일어나 다가왔다.

그의 노안에는 다정한 웃음이 흐르고 있었지만, 눈빛만은 날카롭게 빛나고 있었다.

"어서 오세요, 기다리고 있었습니다."

"대통령님, 갑작스럽게 찾아뵈어 죄송합니다."

"윤 회장님이 저를 만나고자 하셨을 때는 그만한 이유가 있겠죠. 자, 앉으시죠."

"감사합니다."

"차를 드시겠습니까?"

당연히 말도 안 되는 질문이다.

대통령은 윤명호가 들어선 후 즉각 눈짓으로 비서실장을 물렸는데, 얼굴은 평온했으나 어딘지 모르게 긴장감이 흘러넘쳤다.

결국 차는 생략되었고 두 사람이 마주 앉았을 때 대통령의 입이 묵직하게 열렸다.

"'이지스'그룹으로 인해 대한민국이 한 단계 도약하고 있어요. 정말 윤 회장님께 고맙습니다. 내 지지율이 요새처럼 높아진 건 처음이에요. 이게 다, 기업들이 열심히 해 줬기 때문입니다."

"그렇게 말씀해 주시니 감사합니다."

"자, 그럼 대화를 나눠 볼까요. 난 오늘 하루 종일 궁금했습니다. 과연 윤 회장님이 어떤 말씀을 꺼낼지 기대도 되고, 걱정도 되었거든요."

빤히 바라보는 대통령의 시선을 맞받으며 윤명호의 얼굴에서 희미한 미소가 떠올랐다.

무슨 걱정을 하는지 안다.

기업가가 권력의 정점에 있는 대통령을 만나고자 한 경우는 대부분 청탁이었기 때문이었다.

대한민국 기업의 역사가 그랬다.

기업들은 자신들의 이익을 위해 권력자와의 결탁을 서슴지 않아 왔다.

　"오늘 저는 대한민국의 미래를 대통령님과 상의코자 합니다. 그래서, 독대를 신청한 것입니다."

　"대한민국의 미래?"

　"그렇습니다. 우리 대한민국은 분단 후 급격한 경제 성장을 하면서 지금에 이르렀습니다. 다른 국가에겐 기적으로 보였겠지만, 우리 국민들에겐 피눈물의 결과였죠. 그런 노력으로 부강한 국가를 만들어 냈으나 아직도 우리 대한민국은 열강들의 눈치를 보며 살고 있습니다. 미국, 중국, 일본, 러시아, 그리고 북한. 한반도를 둘러싼 열강들은 자국의 이익을 위해 대한민국을 위협하고 있는 게 현실입니다."

　"그래서요?"

　"대한민국이 열강들의 압력에서 벗어나 자주적으로 살기 위해서는 오직 압도적인 기술력을 보유하는 것뿐이라고 생각합니다. 그래서 저희 '갤럭시' 측에서는 그런 기술을 보유하기 위해 그동안 노력을 해 왔습니다."

　"알고 있어요. 꿈의 자동차를 생산한다고 들었습니다. 정부의 도움 없이 그런 기술을 개발했으니 정말 존경하고 감사한 일입니다. 저는 정부의 수장으로서 '갤럭시'가 원하는 모든 것을 들어주라고 지시했어요."

윤명호의 말을 받은 대통령이 자동차 이야기를 꺼냈다.

최근 들어 '쥬피터'가 개발되어 생산될 경우, 기존 자동차 시장이 초토화될 수 있다는 논란이 거세지고 있는 상황이었다.

자동차 노조는 데모를 하기 시작했고, 꽤 많은 국회의원들이 그에 보조를 맞추며 정부에게 대책을 마련하라라며 압박하는 중이었다.

하지만 윤명호는 대통령의 말을 들은 후 조용히 고개를 저었다.

"오늘 제가 말씀드리려는 건 자동차가 아닙니다."

"그게 아니라고요. 그럼 뭐가 또 있다는 말씀입니까?"

"'갤럭시'에서는 많은 수의 꿈의 기술들을 개발하고 있습니다. 그중 저희가 최근 개발한 양자 컴퓨터를 말씀드리려고 왔습니다."

"양자 컴퓨터요?"

"미국이 보유한 슈퍼컴퓨터보다 연산 속도가 2만 배나 빠른 컴퓨터죠. 저희 '갤럭시'가 8년 동안 연구해서 세계 최초로 개발에 성공한 것입니다."

"허어!"

"대통령님, 양자 컴퓨는 단순히 연산 속도가 빠르다는 것에 그치지 않습니다. 저희가 개발한 양자 컴퓨터는 조만간 진화가 거듭되며 슈퍼컴퓨터보다 수백만 배나 빨라지게 될 것입니다. 이 양자 컴퓨터가 시장에 나오면 세계 컴퓨터 시장을 완전히 석권할 수 있습니다."

"대단하군요."

"하지만 저희는 내부 전략 회의를 거쳐 양자 컴퓨터를 양산하지 않기로 결정했습니다."

"왜 그런 결정을 했습니까?"

"양자 컴퓨터가 대한민국을 열강들의 견제에서 벗어날 수 있도록 만들어줄 거란 판단 때문이었습니다. 저희가 개발한 양자 컴퓨터는 각 분야에서 압도적인 위력을 보이게 될 것입니다. 양자 컴퓨터를 쓰게 되면 산업, 국방, 과학기술 등 전 분야가 몇 단계 뛰어넘는 발전을 이룰 수 있습니다. 양자 컴퓨터는 특히 국방과 우주 분야 쪽에서 대단한 영향력을 미칠 것으로 판단되는데, 대륙간탄도미사일과 전투기, 이지스함의 개발, 심지어 핵무기까지 개발 가능합니다."

"음, 양자 컴퓨터가 그 정도 위력이 있단 말이요?"

"그래서 온 겁니다. 대통령님, 저희들은 양자 컴퓨터 기술을 풀어 제품을 생산할 경우 엄청난 이득을 취할 수 있지만 그것을 포기했습니다. 이 컴퓨터가 다른 나라의 기술 개발에 활용되는 게 싫었기 때문입니다. 대한민국은 이 컴퓨터로 선진국에 비해 뒤처진 과학기술을 따라잡아야 됩니다. 그래야 열강들의 압박에서 벗어날 수 있습니다."

"무슨 뜻인지 알겠습니다. 나 역시 대통령으로서 누구보다
그런 강대한 대한민국을 원하고 있습니다. 윤 회장님, 내가 어
떻게 하면 되겠소?"

"극비리에 양자 컴퓨터를 활용할 수 있는 방안들을 강구해
주십시오. 정부 주도하에 미국이나 중국, 일본 등이 알아채지
못하도록 양자 컴퓨터를 지켜야 됩니다."

윤명호가 뜨거운 시선으로 바라보자 대통령의 얼굴이 심하
게 일그러졌다.

정치적으로 엄청난 모험이다.

그리고 결코 쉽지 않은 일이다.

만약 한국이 양자 컴퓨터를 이용해서 최첨단 과학기술들을
개발해 나간다면 미국이나 중국 등은 절대 그냥 두고 보지 않
을 것이 분명했다.

그럼에도 잠시 침묵을 지키던 대통령은 천천히 결연한 목소
리로 입을 열었다.

"내 목숨을 걸죠. 그거면 되겠습니까?"

"감사합니다."

"대한민국을 위해 대통령이 되고 싶었고 대통령이 되면서
국가와 국민들을 위해 최선을 다하리라 맹세했습니다. 살 만
큼 살았으니 당장 죽어도 나는 괜찮소. 약속하리다. 내가 목

숨을 건 이상 윤 회장님을 실망시키는 일은 없을 것이오."

        *   *   *

    707 특전사 대대장 김일평 중령은 특전사령관의 긴급 호출을 받은 후 사령부로 곧장 움직였다.

    하필이면 특전사가 매년 시행하는 정기 훈련이 끝나는 날이다.

    정기 훈련 기간 동안 707 특전사는 테러 진압을 비롯해서 유격, 천리 행군 등 일반 보병들이 상상할 수 없는 고강도의 훈련을 시행한다.

    천리 행군을 마치고 몸이 녹초가 된 상태였지만, 조금도 지체할 수 없었다.

    다른 누구도 아닌 사령관이 직접 전화를 해 왔기 때문이었다.

    호출을 받고 달려가는 동안 별별 생각이 다 들었다.

    대령 진급을 눈앞에 둔 상태였기에 사령관이 호출하자 훈련 기간 동안 벌어졌던 1중대와 3중대의 참호 격투 훈련에서 부상자가 발생한 것이 꺼림직하게 다가왔다.

    하지만 곧 머리를 흔들었다.

    참호 격투 훈련은 늘 훈련 때마다 하던 것이었고, 그 와중에 수시로 부상자가 나온다는 건 특전사라면 누구나 다 아는 사실이었다.

"충성! 중령 김일평. 사령관님의 호출을 받고 왔습니다."

"거기 앉아."

"괜찮습니다."

"앉아, 내가 불편해서 그래."

사령관이 먼저 자리에 앉자 김일평이 따라 앉았다.

사령관의 얼굴은 잔뜩 굳어져 있었는데, 뭔가 특별한 일이 발생한 게 분명했다.

"훈련 힘들었지?"

"아닙니다."

"자네도 대원들과 함께 걸었다면서?"

"예, 그렇습니다."

"고생했어."

사령관의 칭찬에 김일평이 슬쩍 얼굴을 붉혔다.

특전사로 보직 발령을 받은 이후 천리 행군을 하는 동안 한 번도 차를 타 본 적이 없다.

그것은 대대장이 된 이후에도 변함이 없었는데, 대원들은 그런 자신을 보고 독종이라 부른다.

오죽하면 육군 특전사 대원들은 그가 온다면 학을 떼면서 겁부터 먹을까.

사령관이 물은 건 그런 이유 때문이다.

"이제 자네 나이도 있으니 조금씩 여유를 부려도 돼. 지휘관이 새파랗게 젊은 놈들과 똑같이 훈련을 받으면 다쳐."

"아직, 괜찮습니다."

"이 자식아, 네 집사람이 날 원망할까 봐 그런다."

"…예."

김일평이 눈치를 보면서 사령관의 얼굴을 쳐다봤다.

사령관은 처음 부임했을 때 중대장을 하던 사람이었고, 그역시 독사로 불리던 사람이었다.

그런 사람이 누가 누굴 보고 핀잔을 준단 말인가.

"그건 그렇고. 오늘 내가 널 부른 건 급한 지시가 떨어졌기 때문이다."

"말씀하십시오."

"니네 부대의 주둔지를 옮기란 명령이야."

"주둔지를요. 어디로 말입니까?"

"동탄."

"예?"

"육본의 긴급 지시가 내려왔어. 준비 기간은 일주일. 그사이에 준비를 끝내고 이동하도록."

"사령관님, 이유를 물어봐도 되겠습니까?"

"동탄에 있는 '갤럭시' 연구 단지를 지키라는 지시다. 너희들 외에 육군 1개 연대가 이동 주둔 할 거야. 걔들은 이동하는 데 시간이 걸릴 테니, 너희 부대가 먼저 움직여서 커버토록 해. 자세한 건 작전참모의 지시를 받도록."

사령관의 지시에 김일평이 황당한 표정을 숨기지 못했다.

707은 육군 최정예 특전사다.

그런 부대에게 일개 민간 기업 시설을 방어하라는 게 말이 된단 말인가.

"사령관님, 저는 도저히 이해할 수 없습니다. 기업 시설을 방어하라니요? 더군다나 저희들은 707입니다."

"그래서 맡기는 거다. 너희들쯤 되어야 안심이 된다고 하니 어쩌겠어."

"누가요?"

"저 꼭대기."

사령관실에서 나와 작전참모에게 임무를 부여받은 김일평이 고개를 흔들었다.

대테러 임무를 맡고 있는 707 특전사는 특전사령부 내에서도 최고들만 가려 뽑아 만든 최정예부대였다.

그런 자신들을 일개 기업 경계 병력으로 이동시킨다는 게 아직도 믿어지지 않았다.

그뿐인가.

동탄 '갤럭시'의 외곽으로 연대 병력이 진주해서 완벽하게

방어진지를 구축하는 것으로 계획되었는데, 청와대 호위 못지
않은 규모였다.

707 특전사는 외곽을 담당한 육군 병력과 다르게 '갤럭시'
의 내부에 진주해서 최종 방어선을 지키는 임무를 부여받았
다.

일개 시설을 방어하기 위해서 이런 최정예 전투부대를 투입
했다는 건 '갤럭시'에 국가 안보와 관련된 주요 시설들이 있다
는 뜻이었고, 그건 지시를 내린 작전참모도 부정하지 않았다.

그랬기에 부대로 복귀하던 김일평의 얼굴은 굳어질 대로 굳
어졌다.

*   *   *

김윤호 사장은 이병웅의 신곡을 발표하기 위해 최고의 작
곡가들에게 100여 곡을 의뢰한 후 최종 7곡을 선정해서 가져
왔다.

느낌이 좋다.

이번 곡들 역시 장르별로 나뉘어져 있었는데, 발라드가 2곡,
록발라드가 2곡, 록이 3곡이었다.

유럽 콘서트까지 남은 기간은 3달.

그동안, 곡을 완벽하게 연습하고 밴드와 손발을 맞추는 일

정을 소화해야 한다.

—달링, 안녕. 좋은 아침이에요.

"에미, 지금 한국은 저녁 11시야. 아침이 아니라고."

—호호… 그런가. 어쨌든 나한테는 좋은 아침이야. 여기 뉴욕의 날씨는 너무 좋아요.

"기분이 좋은가 봐?"

—어제 꿈에 달링을 봤거든요. 그래서 너무 기분이 좋아. 나, 달링이 너무 보고 싶어요.

"나도 그래. 나도 에미가 보고 싶어."

—정말이죠?

"그럼, 당연하지."

—언제 와요?

"3달 후에 콘서트가 있어서 지금 열심히 연습하는 중이야. 아무래도 미국은 그 이후나 갈 수 있을 것 같아."

—아우, 빨리 보고 싶은데…….

에미 로섬이 아쉬움을 숨기지 못했다.

그녀의 목소리엔 이병웅에 대한 그리움이 고스란히 담겨 있었다.

하지만 이병웅은 모른 체하면서 본론을 물었다.

그녀가 아침부터 전화를 했다는 건 뭔가 중요한 정보가 있다고 판단되었기 때문이었다.

"에미, 뭐 재밌는 소식 있어?"

—있어요.

"뭐야?"

—JP모건이 은을 대량으로 매집하기 시작했어요.

"은을?"

—6개월 전부터 매집한 거 같은데 그 양이 엄청 많아요.

"얼마나?"

—지금 COMAX에 들어가면 양을 확인할 수 있을 거예요. 내가 어제 확인해 봤더니 7천만 온스 정도 되었어요.

"정말이야?"

이병웅의 목소리가 자연스럽게 올라갔다.

은값은 양적 완화가 시작되면서 7달러부터 시작해 7배인 50달러까지 올랐다가 최근에는 폭락해서 15달러 수준을 유지하고 있었다.

7천만 온스면 10억 달러가 넘는다.

다시 말해 한국 돈으로 1조 원이나 된다는 뜻이다.

—아무래도 JP모건이 베어시턴스를 인수한 게 선물 시장에서 은을 매입하기 위해서였던 것 같아요. 어때요, 괜찮은 소식이죠?

"응, 재밌는 이야기네. 에미, 아직 양적 긴축 소식은 없어?"

—아직 없어요.

"그렇구나."

에미 로섬은 쉴 새 없이 많은 이야기를 했는데, 최근 시행하고 있는 JP모건의 투자에 관한 것들이었다.

'제우스'와 비슷한 패턴.

그들 역시 4차 산업 관련 주식에 상당한 비율을 베팅하고 있었다.

이병웅은 에미 로섬과의 통화를 끝낸 후 즉시 컴퓨터를 켜고 COMAX 사이트를 열었다.

JP모건이 보유하고 있는 은의 양이 사실인지 확인하고 싶었기 때문이었다.

정말이다.

COMAX 창고는 각종 귀금속과 광물이 보관되고 있었는데, JP모건의 보유 칸에 7천만 온스의 은이 찍혀 있었다.

은은 귀금속의 가치도 있지만 열전도율이 워낙 좋아 여러 분야에서 산업용으로 사용된다.

그럼에도 이병웅은 손으로 턱을 쓸면서 숫자에 시선을 고정시켰다.

숫자를 보는 순간 싸늘한 긴장감이 물씬거리며 피어올랐다.

금융 위기 이후 JP모건이 귀금속 선물 쪽에서 최강자인 베어시턴스를 인수한다고 했을 때 금융시장 종사자들은 전부

의문을 나타냈다.

비록 헐값에 매수했다고는 하나 JP모건의 투자 성향과는 전혀 어울리지 않았기 때문이었다.

불과 8개월 만에 7천만 온스.

이병웅의 본능이 꿈틀거리기 시작한 것은 JP모건이 그렇게 많은 은을 매집했음에도 은값이 전혀 움직이지 않았다는 것이다.

현재 전 세계에 있는 은의 양은 20억 온스가 조금 넘는다.

매년 생산되는 은의 양은 상당 부분 산업용으로 쓰이기 때문에 시장에 나오는 건 그리 많지 않다.

그렇다면 가격이 올라야 정상이다.

시장은 누군가가 매집을 하게 되면 당연히 상승을 해야 되지만, 은값은 몇 달 동안 꼼짝도 하지 않았다.

순식간에 판단이 섰다.

JP모건은 자신들이 인수한 베어시턴스를 이용해서 선물 시장을 꽉 누른 채 실물 은을 매집하고 있는 게 분명했다.

그렇다면 왜?

아직 추정에 불과했고 그들의 움직임을 더 살펴야 되겠지만, 막대한 양의 실물 은을 사들인다는 건 투자라기보다 다른 전략이 숨어 있다는 판단이 들었다.

만약 자신의 판단이 맞다면, 그들은 막대하게 풀린 신용화폐가 다시 거둬들이지 못하다는 것에 베팅했다는 뜻이다.

아니, 어쩌면 그들은 양적 긴축이 아니라 더 거대한 양적 완화를 기다리고 있는지 모른다.

휴우.

생각에 생각을 거듭하자 무거운 한숨이 새어 나오기 시작했다.

양적 긴축을 제대로 하지 못한 상태에서 다시 경제 위기가 찾아온다면 판도라를 열었던 연준은 다시 막대한 화폐를 찍어낼 것이고 그걸로 해결되지 않을 경우 결국 MMT까지 가게 될지 모른다.

그리될 경우 신용화폐시스템은 붕괴할 것이고, 각국 정부와 금융 세력들은 새로운 금융 시스템을 선택하게 될 것이다.

계속해서 회자되고 있는 금본위제가 바로 그거다.

현재의 신용화폐 이전에 세계에서 통용되었던 금본위제는 미국의 욕심으로 폐기 처분 되었으나, 인류 역사에서 가장 오래된 금융 시스템이었다.

미국의 금 보유량이 8,200톤이란 정보를 본 적이 있다.

하지만 상당수의 전문가들이 미국에는 그만한 금이 없을 거란 의심을 품고 있었다.

그 의심이 사실이라면, JP모건이 은을 매집하는 건 금본위제가 아니라 금, 은 본위제를 염두에 두고 있다는 의미다.

물론, 7천만 온스를 매집했다고 해서 그런 추측을 하는 건 시기상조였으나 감각은 끊임없이 경종을 울리며 머리를 때렸다.

*   *   *

"동생은 누가 돌보죠?"

"제가 학교 갔다 와서……."

"그럼 그때까지 혼자 있는 건가요?"

"예."

소녀가 기자의 질문에 대답하며 장난감을 가지고 노는 사내아이의 머리를 쓰다듬었다.

소녀는 중학교 1학년이었고 사내아이는 여섯 살이었다.

다 쓰러져 가는 판잣집.

21세기 대한민국에 저런 집이 있다는 게 믿기지 않을 만큼 허름한 집이었고, 집 안은 쓰레기처럼 보이는 물건들로 어지럽혀져 있었다.

"할머니는 언제 돌아가셨어요?"

"작년에요."

"그때부터 둘이 살았나요?"

"예."

"할머니 보고 싶지 않아요?"

"보고 싶어요. 흑흑… 너무 보고 싶어요."

기어코 소녀의 눈에서 눈물이 방울방울 떨어졌다.

할머니가 세상을 등진 후 1년이 넘는 시간 동안 쌓여 왔던 고통의 시간들이 그 아이의 눈에서 눈물을 흐르게 만든 것이 분명했다.

이병웅은 텔레비전 화면을 보면서 눈썹을 찡그렸다.

아무리 방송을 위해 극적인 장면을 연출하는 것이라 해도 굳이 소녀의 아픈 곳을 건드려 눈물을 짓게 만드는 기자의 태도가 마음에 안 들었기 때문이었다.

그럼에도 소녀의 눈물을 보자 마음이 아파 왔다.

대한민국은 잘사는 나라다.

세계 12위의 경제 대국이고 개인당 소득이 3만 달러를 바라본다는 선진국이다.

그럼에도 저렇게 없는 사람들은 하루하루를 고통 속에서 살아간다.

민주주의?

자유를 소중하게 여긴다는 민주주의는 양극화가 활개를 치고 있는 이 세상에서 사라진 지 오래다.

있는 자들의 세상.

없는 자들은 있는 자들의 노예가 되어 자유를 박탈당한 채 고통의 나날들을 보내는데 이것이 어찌 진정한 자유 세상이란 말인가.

＊　　　＊　　　＊

이병웅은 옷을 갈아 입고 정두영과 함께 제우스로 향했다.

제우스는 이제 청담동에 빌딩을 통째로 사들였는데, 최신식으로 지어진 15층짜리였다.

미리 연락을 취하고 갔기 때문인지 정설아는 15층 사장실에서 그를 기다리는 중이었다.

"병웅 씨가 사무실에 다 나오고 어쩐 일이야. 해가 서쪽에서 뜨겠네."

거의 2년 만의 방문.

정설아가 말한 것처럼 오늘은 해가 서쪽에서 떴다.

이병웅은 정설아가 부랴부랴 차를 준비하는 걸 보며 사장실을 둘러봤다.

그녀는 밖에 비서까지 있음에도 이병웅을 위해 손수 차를 마련했는데, 성품답게 사장실을 깔끔하게 꾸며 놓았다.

제우스의 서울 본사 직원은 이제 150명에 달한다.

투자 자금이 30조를 넘었는데, 주식은 물론이고 선물 옵션과 채권, 농산품과 광물까지 투자 팀이 나뉘어 있었다.

거기다 '이지스'를 관리하는 팀까지 별도로 있었기 때문에 몇 년 동안 꾸준히 직원이 충원되었다.

"그런데 정말 왜 나왔어. 어디 가던 중이야?"

"아니, 누나 보고 싶어서 왔어."

"피이, 거짓말. 투자에 관련된 건 아침에 전부 보고를 했는데 왜 나오셨을까? 정말 궁금하네. 뭘 가지고 나를 괴롭힐지 걱정도 되고."

"누나, 우리 재단 하나 만들자."

"무슨 재단?"

"그동안 내가 불우이웃을 돕겠다고 낸 돈이 한국에서만 600백억이 넘어. 알지?"

"당연히 알지. 그래서 병웅 씨보고 사람들이 천사 가수라 부르잖아."

"사실, 그동안 내가 가수 생활 하면서 기부를 한 건 이미지를 관리하기 위해서였어."

"누가 이미지 관리하는 데 600억을 써. 600억뿐이야? 그동안 콘서트하면서 세계 각국에 뿌린 돈이 그거 이상이잖아. 말도 안 되는 소리 하지 마."

"믿지 않겠지만 정말이야."

사람들은 이병웅의 기부 행동을 보면서 칭찬을 아끼지 않았다.

그건 정설아도 마찬가지였다.

그동안 가수 생활을 하면서 벌어들인 돈의 60%를 불우이 웃을 위해 내놓는 걸 보며 잔소리도 많이 했지만, 속으로는 그의 착한 마음씨를 예뻐했다.

믿기 어려운 말.

이미지 관리를 위해 그 막대한 금액을 썼다는 건 일반인으 로서는 절대 상상하지 못할 일이었다.

"휴우, 좋아. 그렇다 치고 재단은 왜 만들어? 지금처럼 하면 되는데?"

"본격적으로 해 볼 생각이거든."

"뭘? 사람들 돕는 거?"

"응."

"미치겠네."

＊　　　＊　　　＊

일요일.

오랜만에 이병웅은 정두영을 떼어 놓고 정설아와 함께 서해 안으로 차를 몰았다.

언제부턴가 정설아는 호텔로 찾아오지 않았다.

아니, 찾아온 적은 몇 번 있었으나 잠을 자지 않고 갔다는 게 정확한 표현이다.

이유를 묻지 않았다.

바쁘다는 그녀의 핑계를 그대로 믿지 않았지만, 이병웅은 일부러 그녀의 옷을 벗기지 않았다.

서해안에 도착해서 외딴 횟집에 들어가 마주 앉아 술을 마셨다.

차를 타고 오며 투자와 관련해서 많은 이야기를 주고받았지만, 막상 횟집에 들어왔을 땐 소주잔만 기울이며 말수가 적어졌다.

창을 통해 들어오는 바닷가의 풍경은 고즈넉했고 서서히 황혼이 지면서 환상적인 아름다움을 선사하고 있었다.

이병웅의 입이 열린 건 소주잔을 3잔째 비웠을 때였다.

"누나는 한국 주식시장이 왜 올라가지 못한다고 생각해?"

"그거야… 외국인과 기관 때문이지. 정부의 정책 때문이기도 하고."

"공매도?"

"맞아, 정부는 외국인과 기관들에게만 공매도를 허용해 줬기 때문에 공매도를 통해 선물 옵션에서 막대한 이익을 챙겨. 우리도 덕분에 커다란 수익을 올렸고. 그런데 알면서 왜 물어?"

"답답해서. 금융 위기 이후 미국이나 일본, 다른 나라는 벌써 400%나 올랐는데 우리나라는 몇 년째 그 자리에서 맴돌고 있어. 누나가 말한 대로 공매도 때문이기도 하지만 문제는 외국인들과 기관의 투자 패턴이야. 그들은 철저하게 개인들을 유린하면서 돈을 빼먹고 있잖아."

"투자 세계에서 그건 어쩔 수 없는 일이야."

"아니, 어쩔 수 없는 게 아냐. 건전한 금융시장을 만들기 위해서는 개인이 안심하고 좋은 주식에 장기 투자 할 수 있는 여건이 마련되어야 해. 그런 환경을 만들지 못하면 한국은 영원히 투자가 아니라 투기판이 될 뿐이야."

"맞는 말이긴 한데……. 병웅 씨, 설마 판을 흔들려는 건 아니지?"

"이젠 그럴 때가 되었어. 안 그래?"

이병웅의 반문에 정설아의 표정이 일그러졌다.

현재 '제우스' 한국 본사에서 운영하는 자금은 30조가 조금 넘는다.

주력은 당연히 미국.

'제우스' 전체 투자 금액 중 60%를 미국에 투자하고 있었고, 중국과 한국이 각각 20%씩 배분되어 있다.

그야말로 단일 세력으로는 세계 최강 중 하나다.

'이지스' 그룹에서 벌어들이는 이익이 한 해 70조.

'제우스'의 한해 수익률도 최소 25%를 찍기 때문에, 그동안 증가된 '제우스'의 전체 투자 가능 금액은 150조에 달했다.

만약 '갤럭시'에 투자되는 돈만 아니었다면 '제우스'의 자본력은 벌써 250조를 훌쩍 넘었을 것이다.

정설아가 인상을 찌푸린 건 이병웅의 생각이 위험했기 때문이었다.

굳이, 지금의 안정적인 수익을 팽개치고 외국인과 기관을 상대로 싸울 이유가 없다는 게 그녀의 생각이었다.

그녀가 운영하는 자금 30조의 상당 부분은 한국의 대표 기업들에 분산되어 있었고, 실질적으로 운용되는 건 10조에 불과했다.

그 자금도 대부분 우량 기업과 성장 유망 종목, 채권 등에 분산 투자되었기 때문에 이병웅의 말대로 주식 판을 뒤엎기에는 자금상의 문제가 있었다.

하지만 정설아는 이병웅의 표정을 본 후 더 이상 안 된다는 말을 하지 못했다.

슬쩍 굳어진 입술. 그리고 날카롭게 빛나는 눈. 탁자에 올려진 손.

그 모든 것이 그의 의지를 대변해 주고 있었다.

"누나가 봤을 때 판을 흔들려면 얼마나 필요해?"

"외국인들과 기관의 버릇을 고치는 정도라면 20조 정도, 완벽하게 주식판을 뜯어고친다고 생각했을 땐, 100조 이상 필요할 거야. 내가 말한 건 주가지수 3,000까지고 그 이후까지 감안한다면 새로 분석해 봐야 돼."

정설아가 기다렸다는 듯 대답을 했다.

금융시장의 철의 마녀, 정설아의 머릿속에는 한국 주식시장 시총을 비롯해서 주요 기업들의 주가 및 재무재표, 하루 거래량 및 거래 금액, 주가지수에 따른 시총 변화 등이 빠삭하게 들어 있었다.

"오케이, 그럼 일단 외국인과 기관들의 버르장머리부터 고쳐놓자."

"병웅 씨, 우리한테는 자금이 없어. 20조를 마련하려면 투자한 것들을 처분해야 돼."

"일단 '갤럭시'에 쌓아 놓은 유보금을 써. 거기에 70조가 있으니까. 그중 20조를 빼서 주식시장부터 정리하자."

"정말 그래도 괜찮겠어. 거기도 당장 막대한 자금이 필요할 텐데?"

"기업들로부터 들어오는 이익금으로 충원해 주면 문제 없을 거야."

"휴우, 또 집에 들어가긴 글렀네."

정설아가 한숨을 길게 흘렸다.

외국인과 기관의 투자 패턴을 꼼꼼히 재분석하고 그들의 장난질을 막으려면 엄청난 전투를 치러야 한다.

그러기 위해서는 선물 옵션의 포지션과 현물 시장의 움직임, 실타임의 포지션 변경 등을 쥐잡 듯 색출해야 되고 외국 창구와 검은 머리 외국인들의 변화까지 체크할 필요성이 있었다.

"자, 한잔해."

"어쩌려고 그래. 벌써 4잔째야."

"쉬었다 가면 되지."

"안 돼. 나 일찍 가 봐야 해. 집에 일이 있어."

"그렇구나. 그런데 누나, 나한테 할 말 없어?"

"응?"

정설아가 술잔을 빙빙 돌리는 이병웅을 바라보며 눈치를 살폈다.

그의 눈은 여전히 신비롭고 아름다웠지만, 지금 그녀에겐 그런 아름다움이 전혀 들어오지 않았다.

"먼저 말해 주길 바랐는데… 아직 더 기다려야 해?"

"알고 있었어?"

"당연하지. 일부러 그랬던 거잖아. 눈치채라고."

"그건 아니었어. 그 사람한테도 병웅 씨한테도 미안해서… 그래서 잘 수 없었던 거야."

"알아."

"미안해. 내가 먼저 말했어야 했는데."

"괜찮아."

"그 사람 만난 건 2년 전이었어. 꽤 오랫동안 따라다녔는데 내가 싫다면서 많이 아프게 했어. 그러다가 3개월 전, 그 사람의 눈물을 본 후에 마음이 흔들렸어. 나를 죽을 만큼 사랑한다고 했어. 내가 없으면 하루조차 견디기 어렵다면서 끝내 울더라."

"그 사람 사랑해?"

"응, 그런 것 같아. 나이 들어서 주책이라고 해도 어쩔 수 없어. 나는 사랑 같은 거 하지 못할 거라 생각했는데 자꾸 그 사람 생각이 나."

"뭐 하는 사람이야?"

"회사원이야……."

그때부터 정설아는 그 남자에 대한 이야기를 꺼냈다.

피트니스클럽에서 만났고, 2년 동안 사랑을 고백했다는 그 남자는 얼굴은 잘생기지 못했지만 우직하며 그녀만 바라본다고 했다.

말을 마친 정설아는 결국 눈물방울을 떨어뜨렸다.

미안함에서 비롯된 슬픈 눈물이 분명했다.

"나는 영원히 병웅 씨 옆에 있을 거라 생각했는데, 내 생각이 짧았던 것 같아. 병웅 씨가 여자들을 만나지 않았던 게 나 때문인 것 같아 그동안 많이 괴로웠는데, 내가 먼저 배신을 하고 말았네. 미안해."

"바보처럼 왜 울어. 그건 배신이 아니야. 우리 두 사람, 처음 만났을 때 분명히 얘기 했잖아. 서로를 구속하지 않고 자유롭게 살자는 건 진심이었어. 난 누나가 행복해지기를 바라. 그 사람과 결혼하면 좋고, 그렇지 않더라도 진정으로 사랑하며 행복하다면 그걸로 충분해. 그러니까 울지 마."

"미안해서 그러지."

"미안한 걸로 따지면 내가 훨씬 더 미안해. 난 누나 모르게 수많은 여자와 잠을 잤으니까. 콘서트를 다니면서 제인 한나를 비롯해 수많은 스타들과 비밀리에 데이트를 했어. 지금도 미국에 가면 날 기다리는 여자들이 많아."

"괜한 거짓말 하지 마. 병웅 씨는 고자라고 소문날 정도로 깨끗한 사람이란 거 세상 사람들이 다 알아. 그런 짓을 했는데 기자들이 가만 놔뒀겠어?"

"믿지 못하네. 누나도 알겠지만 난 그거 엄청 좋아해. 누나와 기껏해야 일 년에 열 번 남짓이었는데 나머지 시간에는 뭘 했을 것 같아?"

"이 남자 봐. 정말이야?"

"그러니까, 나한테 부담 갖지 않아도 돼. 난 자유로운 사람이야. 지금까지 누나한테 속박받지 않았고 그럴 생각도 전혀 없었어."

"휴우, 듣고 나니까 기분이 좋지 않아. 병웅 씨 머리 좋은 건 알았지만, 그 정도일 줄은 정말 몰랐어."

"머리가 좋아서 그래. 원래 카사노바는 할 짓 다 하면서 바른 생활 사나이처럼 살아. 그러니, 누나도 그냥 행복하면 돼. 알았지?"

"쳇, 무슨 이별이 이래. 사랑한다며 죽자 사자 한 건 아니지만 그래도 다른 남자에게 떠나는 여자한테 너무 쿨한 거 아냐?"

＊　　　＊　　　＊

모건 스탠리의 한국 담당 투자 책임자 피터 존슨이 강남의 룸살롱 '청하'에 들어온 건 저녁 9시가 조금 넘었을 때였다.

황홀한 표정이 저절로 떠올랐다.

거대한 빌딩에 아주 작은 글씨로 간판이 달려 있어 찾기가 어려웠지만, 막상 지하 계단을 타고 들어오자 아방궁이 따로 없었다.

'청하'는 강남의 룸살롱 중에서도 초특급으로 손꼽히는데, 한국 놈들은 이곳을 텐프로라 부른다고 들었다.

텐프로.

강남 유흥업소에 종사하는 여자들 중 상위 10%에 들어야 일을 할 수 있는 업소란다.

얼마나 재밌는가.

강남은 한국의 중심이었고 이곳에서 일하는 여자들은 전부 아름답고 몸매가 뛰어난데, 그중에서도 상위 10% 이내에 드는 애들만 일한다니 기대가 컸다.

오늘 그를 초청한 건 한국의 헤지펀드 '대박'의 사장 주영훈이었다.

자신을 꼬봉처럼 따라다니는 놈.

놈은 한국 금융시장에서 막강한 위력을 지닌 자신을 신처럼 믿고 따랐다.

어쩌면 당연한 일.

한국의 금융시장은 자신과 미국, 일본의 동맹 금융 세력의 ATM기나 다름없는 곳이다.

그리고 자신은 그 중심에 서 있는 인물이다.

언제든지 주가를 끌어올릴 수 있었고, 언제든지 패대기를 쳐 선물 옵션에서 막대한 이익을 취할 수 있었다.

그랬기에 주영훈이 자신에게 목을 매는 것이다.

놈은 자신이 던져 주는 떡 고물을 받아 처먹으며 행복한 나날을 보냈다.

오늘 자신을 이곳 '청하'로 모신 것도 그런 이유다.

7일 후 만기가 다가오는 선물 옵션에서 모건 스탠리의 포지선을 얻어 두기 위해.

"아이고, 어서 오십시오. 차가 밀리지는 않았습니까?"

"괜찮더군요."

"저녁 식사를 같이했으면 좋았을 텐데요."

"선약이 있어 어쩔 수 없었습니다. 양해해 주십시오."

하찮은 놈이었으나 피터 존슨은 정중하게 주영훈이 내민 손을 마주 잡았다.

자신의 존재 가치는 행동에서 나타난다는 걸 잊지 않았다.

아무리 하찮은 인물이라 해도 자신이 그렇게 대하면 자신 또한 그런 위치로 격하된다는 걸 너무나 잘 안다.

"그런데 이곳은 처음 와 보네요. 저번에 그곳보다 훨씬 좋은 곳 같은데요?"

"그럼요, 제가 말씀드린 것처럼 이곳은 강남에서도 최고들만 모이는 곳입니다. 개업한 지 불과 한 달밖에 되지 않았어요."

"허허… 그렇군요."

"예약제라서 회원이 아니면 오지 못하는 곳입니다. 저도 간신히 회원에 가입하고 제일 먼저 모신 겁니다."

"어이구, 고맙습니다."

"오늘은 최고의 미녀들과 마음껏 즐길 수 있도록 조치해 놨으니 기대하셔도 좋습니다."

주영훈은 오늘따라 더욱 활달하게 주접을 떨면서 따라 들어온 마담에게 눈짓을 했다.

이미, 이야기가 되어 있던 게 분명했다.

얼마나 시간이 지났을까.

먼저 발랜타인 30년산과 각종 안주가 웨이터의 손에 들려 들어왔고, 곧이어 마담을 따라 두 명의 아가씨들이 모습을 보였다.

아가씨들의 모습이 보이는 순간 피터 존슨의 입이 떡 벌어졌다.

그동안 강남의 룸살롱을 수없이 들락거렸지만, 이 정도로 아름다운 여자들은 처음 봤기 때문이었다.

초이스?

그걸 생각할 필요도 없었다.

다른 업소에서는 여러 명의 아가씨가 한꺼번에 들어와 손님들의 간택을 받았지만, '청하'는 단 두 명의 여자만 들어왔음에도 룸이 금방 환해졌다.

단발머리 여자를 옆에 앉혀 놓고 최고급 양주를 마시며 행복한 시간을 보냈다.

턱선이 갸름하고 눈과 코가 서구적으로 생겨 그가 가장 좋아하는 스타일이었다.

여자는 얼굴값을 하느라 함부로 만지지 못하게 했지만, 같이 있는 것만으로도 용서할 수 있을 만큼 아름다웠기에 피터 존슨은 유쾌하게 술을 마셨다.

노래도 했고 춤도 췄다.

주영훈이 자신의 귀에 데리고 나갈 수 있도록 조치해 놨다는 말을 듣는 순간 아랫도리가 저절로 반응해서 11시가 넘자 마음이 조급해져 견딜 수가 없었다.

"주 사장님, 이제 그만 일어나십시다."

"그럴까요?"

"아가씨들 내보내고 잠깐 이야기하시죠."

"아, 예."

그의 말에 주영훈이 자리에서 벌떡 일어나 아가씨들에게 준비하란 말을 한 후 내보냈다.

주영훈은 잔뜩 기대한 눈치로 다가와 비어 있는 피터 존슨의 잔에 양주를 따르며 비열한 웃음을 지었는데, 한국 영화에 나오는 내시처럼 보였다.

"마지막 한 잔 하시죠."

"그럽시다."

"치프, 그런데… 이번엔 어떻게 할까요?"

"풋, 그것도 205선에 걸어 놓으시오."

"아이고, 감사합니다."

접대를 받았으니 그에 상응하는 대가를 치러 줘야 한다.

그랬기에 피터 존슨은 자신들이 마지막으로 설정한 라인을
그에게 알려 줬다.

하지만 놈은 알까?

자신들의 전략은 금융판에서 오랫동안 굴러먹던 놈들도 평
평 나가떨어질 정도로 정교하고 치밀했으니 간덩이가 작은 주
영훈은 실패할 가능성이 컸다.

*   *   *

모건 스탠리의 피터 존슨은 팀장들을 불러 모은 후 본격적
인 작전 시행을 지시했다.

이제 남은 시간은 7거래일뿐.

이때부터 선물 옵션 종료 시까지 한국 시장을 들쑤시며 수
익을 극대화하는 게 목표다.

물론 어려운 일은 아니다.

그동안 한국 시장에 진입한 후 동맹 세력들과 손을 잡고 매
번 해 왔던 일이니, 이번에도 당연히 성공할 것이다.

왜?

한국에는 그들을 막을 세력이 전무하기 때문이다.

국민연금은 보통 스윙 전략을 구사했고, 금투나 사모펀드들
은 자신들의 눈치를 보기 바빴다.

"레이, 가볍게 1조만 먹고 나오자. 오케이?"

"시장이 점점 작아져서 될지 모르겠습니다. 이제 한국 시장도 예전만 못해요."

"그래서 1조로 줄인 거잖아. 버튼만 누르는 일인데, 뭐가 어려워?"

"어렵다기보다 현실이 그렇다는 거죠. 한국 정부가 선물 옵션 쪽에 자꾸 제동을 거는 바람에 시장 규모가 정말 많이 축소되었어요."

"그러다 말겠지. 언제 한국 정부가 끈질기게 버틴 적 있어? 윗선에서 로비를 시작했으니까 곧 규제가 풀릴 거다. 좋은 세상은 금방 다시 와."

"알겠습니다."

"현물에서는 얼마나 먹을까?"

"프로그램상으로는 5%가량 수익 나는 것으로 분석되었습니다. 우리 계획대로만 진행된다면 문제없을 겁니다."

"한국 놈들은 정말 어리석어. 그렇게 당하고도 매번 들어오는 걸 보면 참 재밌는 족속들이야."

"탐욕이 많아서 그렇겠죠. 원래 단순한 놈들은 욕심이 많잖아요."

"그래도 여자들은 예뻐. 한국 여자들은 몸에서 향기가 나. 안고 있으면 좋은 냄새가 난단 말이지."

"그건 향수를 많이 뿌려서 그럴걸요?"

"그런가? 어쨌든 시작해 보자고. 이번에는 하와이로 휴가 가야 돼. 그러려면 본사가 만족할 만한 성과를 던져 줘야 말이 없어. 넌 괌으로 간다고 했나?"

"한국 애인이랑 10일 동안 떠나기로 했습니다."

"어디?"

"저는 홍콩에 가기로 했어요. 제 애인은 대학생이라 가방을 너무 좋아해서 홍콩으로 가자고 떼를 쓰더군요."

"하하… 전부 좋은 계획들을 가지고 있군. 오케이, 시작해 보자. 다들 집중해. 맹수도 먹잇감을 포획할 때는 최선을 다하는 법이야. 알았어?"

"한국 시장은 토끼만큼도 되지 않습니다. 걱정하지 마십시오."

*   *   *

정설아는 외국인들의 작전이 시작되었다는 보고를 받은 후 트레이더실로 내려왔다.

트레이더실에는 20여 명의 직원들이 긴장된 시선으로 모니터를 바라보고 있었는데, 그녀가 내려오자 팀장인 성봉제가 자리에서 일어나 다가왔다.

"상황은 어때요?"

"외국인과 기관은 선물과 옵션 모두 풋 쪽에 들어가 있습니다. 외국인들이 먼저 시작을 했네요."

"어디입니까?"

"시총 상위 주 20개에 작전이 걸렸습니다."

시총 상위주 20개라면 대한민국 시총의 60%에 달한다.

놈들은 주력 기업들의 주가를 조작해서 풋을 먹으려는 작전이다.

문제는 그것만이 아니라 작전이 시행되는 동안 포지션 체인지를 하면서 최대한의 이득을 본다는 것이었다.

'제우스'는 그에 따라 철저하게 방어선을 칠 필요성이 있었다.

"던지는 거 전부 때려 막으세요. 놈들의 포지션 체인지에 맞춰 우리 포지션도 변경하시고."

"걱정하지 마십시오. 총알이 충분하니까 아무런 문제 없습니다. 이거 괜히 신나는데요. 그동안 그 새끼들 하는 짓을 두 눈뜨고 멀뚱멀뚱 지켜만 봤는데 이젠 완전히 죽여 버릴 수 있겠어요. 그놈들에게 털린 돈이 얼맙니까? 개인투자가들이 놈들한테 털린 돈만 수십조는 될 거예요."

"그걸 막기 위해 하는 거니까 잘해 주세요."

"사장님, 그런데 조금 억울하긴 합니다. 이 정도 총알이면 이번 싸움에서 우리도 큰 몫을 잡을 수 있잖습니까?"

"돈 벌려고 하는 거 아니라고 했잖아요. '제우스'의 선물 옵션 금액은 절대 증가시키지 마세요. 시장을 흔드는 게 목적이 아니라, 외국인과 기관들의 장난을 막아서 건강한 시장을 양성하는 게 우리 목적입니다. 만약 우리가 그런 짓을 해서 수익을 얻으면 정부의 시선이 곱지 않을 거고 사람들의 지지 또한 받지 못해요. 그러니 철저하게 때려잡기만 하세요."

"알겠습니다."

투자팀장 성봉제가 환하게 웃으며 자리로 돌아갔다.

성봉제는 대일증권 출신으로 뛰어난 능력을 자랑했는데, 2년 전 그녀가 스카우트한 사람이었다.

주식 투자에는 귀신이라 소문난 그였지만 처음에는 정설아의 지시를 이해하지 못했다.

아니, 처음에는 입을 떡 벌린 채 아예 기절초풍하는 모습을 보였다.

20조란 거액이 한꺼번에 계좌로 들어온 것부터가 그에게는 놀랄 일이었는데, 그것으로 외국인과 기관의 버르장머리를 뜯어고친다는 말을 듣고는 한동안 말을 잃었다.

하지만 곧 정설아의 설명을 들은 후부터 전의가 불타올랐다.

주식시장에 오래 몸을 담고 있었던 그는 외국인들의 행패를 수도 없이 본 사람이었기 때문이었다.

*　　　　*　　　　*

"뭐야, 무슨 일이야?"

"하락 베팅이 먹히지 않습니다. 자금을 때려 박고 있는데 어떤 놈들이 계속 물량을 흡수하고 있어요."

"얼마나 갈겼는데?"

"지금까지 1조가 베팅되었습니다."

주식투자 담당 레이의 말을 들은 피터 존슨이 인상을 찡그렸다.

2일 동안 1조를 풀었다면 주가지수는 최소 1% 이상 빠져야 정상이다.

하지만 현재 주가지수는 그들이 작전을 했을 때보다 오히려 0.3%가 상승한 상태였다.

"어디냐?"

"네, 사모 쪽에서 뜨고 있습니다."

"금투가 아니라 사모란 말이야? 그렇다면… 빨리 '제우스' 쪽 베팅을 확인해 봐!"

"이미 확인했습니다. 걔들 선물 옵션 포지션은 똑같습니다. 우리와 반대로 잡고 있는데 금액은 예전보다 오히려 줄어든

상탭니다. 하지만 제우스가 의심됩니다. 우리와 대응할 유일한 세력은 그들밖에 없으니까요."

"흐으… 감히 우리한테 대든단 말이지."

피터 존슨이 빨갛게 물든 전광판을 보면서 천천히 이빨을 드러냈다.

현물시장에서 1조를 풀었는데도 꼼짝하지 않는다면 문제가 생겼다는 뜻이고, 그건 강력한 적이 가로막고 있다는 뜻이다.

장애물, 그것도 자신들과 반대편에 선 자가 나타났다는 건 투자가에겐 치명적인 위험 요소다.

하지만 그는 모건 스탠리가 보유한 스페셜 투자가 중 한 명이었다.

"이거, 재밌게 돌아가네. 제우스라면 만만치 않겠어. 우리 동맹 세력들에게 알려서 매도 금액을 올리라고 해. 어차피 승부는 봐야 되니까."

"알겠습니다."

"네 말대로 한국에서 우리를 막을 놈들은 '제우스' 밖에 없다. 그렇지 않아?"

"증권사 쪽에 의뢰를 해 놓은 상태입니다. '제우스'라면 곧 정체가 밝혀질 겁니다."

레이의 대답을 들으며 피터 존슨의 얼굴은 굳어질 대로 굳어졌다.

이번 작전은 기관도 한편이었기 때문에 제우스가 아무리 거대한 투자 집단이라 해도 결국은 항복할 수밖에 없지만, 기분이 찜찜했다.

동맹 세력들이 전부 나선다면 최대 10조까지 베팅액을 늘릴 수 있다.

현재 '제우스'가 한국 주식시장에 베팅해 놓은 자금은 20조에 불과했고, 전부 투자가 된 상태로 알고 있었다.

자금 여력이 얼마나 될지 모르지만 단일 세력이 10조를 상대한다는 건 결코 쉽지 않은 일.

그렇다면 결국은 이긴다.

이번 전쟁은 누가 더 자금력이 크냐에 따라 승부가 갈리는 전쟁이기 때문이다.

* * *

금융감독원의 이형구 국장은 헐레벌떡 달려 온 김기형 과장의 얼굴을 보며 자리에서 벌떡 일어났다.

김기형은 얼마나 급하게 달려 왔는지 얼굴이 시뻘겋게 변한 상태였다.

"왜 그래?"

"국장님, 지금 주식시장에 난리가 났습니다."

"뭔 소리야. 주식시장이 왜 난리가 나!"

"거래 대금이 급격하게 올라가고 있습니다. 평소 거래량보다 2배가 더 많은데, 외국인과 기관에 맞서 '제우스'가 주가를 방어하고 있었습니다."

금융감독원은 주식시장에 관한 모든 것을 컨트롤하는 기관이다.

그랬기에 이형구 국장은 최근 벌어지고 있는 이상 상황을 캐치하고 실무진에게 파악하란 지시를 내린 상태였다.

처음 며칠 동안 거래량이 급증하면서 주가가 상승하고 있었지만, 그럼에도 오늘처럼 2배가 된 건 처음이었고 '제우스'란 이름이 나온 것도 처음이었다.

"그렇다면 매도로 풋에 먹으려는 외국인과 기관의 작전을 제우스가 막은 거냐?"

"그렇습니다."

"오늘 거래 금액이 얼마야?"

"15조 입니다. 그중 6조 정도가 양쪽 세력이 내갈긴 겁니다."

"6조… 지금까지 양쪽이 베팅한 금액이 합해서 최소 12조는 되겠어. 대충 맞나?"

"정확합니다."

"외국인과 기관이 몸살을 앓고 있겠구먼. 그 새끼들 아직 포지션 변경 못 했지?"

"이런 상황에서는 할 수도 없죠."

"김 과장, 제우스가 왜 이런 짓을 하는 건지 알아봤어?"

"국장님 방에 오기 전 정설아 사장과 통화를 했습니다. 정 사장 말로는 외국인의 행태를 더 이상 두고 볼 수 없다더군요. 그자들로 인해 우리나라 시장이 교란되고 있다면서 반드시 버르장머리를 뜯어고치겠다고 했습니다."

"허어, 환장하겠네. 결국 그 말은 정부가 못 하니까 직접 나섰다는 말이네?"

"아무래도 그런 것 같습니다."

"'제우스' 자금은 도대체 어디서 나오는 거야. 최근 들어 투자 패턴을 바꾼 게 없잖아?"

"'갤럭시'에서 조달한 것으로 확인되었습니다."

"어이가 없군. 어이가 없어. '갤럭시'는 '이지스' 그룹의 떠오르는 태양인데, 걔들이 직접 총알을 지원했단 얘기지?"

"그렇습니다. 저희가 파악한 바로는 정확히 6일 전에 20조가 날아왔습니다."

20조가 누구 집 애 이름이냐.

다시 한번 '제우스'의 위력에 저절로 혀가 내둘러졌다.

현재 '제우스'는 대한민국을 넘어 세계 최강의 투자 집단 중하나로 성장해 있었다.

그 배경에는 당연히 막대한 이익을 창출하는 '이지스'가 있었으니 '제우스'의 위력은 시간이 갈수록 무섭게 커져갈 것이다.

"결국 끝장을 봐야 한다는 건데… 외국인과 기관들은 제우스의 총알이 얼마나 되는지 알아?"

"여러 경로를 통해 압력이 들어왔으나 철저히 함구시켰습니다. 나라를 위해 싸운다는데 정부가 배신할 수는 없죠."

"잘했어. 이번 기회에 놈들의 행태를 뿌리 뽑았으면 좋겠다. 그러나 한번 물먹였다고 그놈들이 바뀔까?"

"정설아 사장 말로는 외국인과 기관의 행태가 고쳐질 때까지 전쟁을 하겠다고 했습니다. 그래서 개인 투자가들이 안심하고 장기 투자 할 수 있는 환경을 만들겠답니다."

"그 말을 들으니까 얼굴이 붉어지는군."

"저 역시 그렇습니다. 그래서 저는 이번 전쟁을 '제우스'가 이겨 주길 바라고 있습니다."

김기형 과장이 주먹을 불끈 들어 올리는 걸 보며 이형구 국장의 얼굴에서 쓴웃음이 떠올랐다.

그동안 알고도 막지 못했다.

공매도를 없애달라는 국민들의 청원이 끝없이 이어졌지만 외국자본의 투자 유치란 핑계를 대며 국회의원들이 강력히 반대했고, 기관의 로비로 인해 번번이 고배를 마셨기 때문이었다.

부끄러웠다.

정부의 관리로서 외국인의 행패를 바로잡지 못했던 자신의 행동은 충분히 부끄러움을 느낄 만큼 수치스러운 것이었다.

"정설아 사장한테 전화해야겠어. 고맙다고 밥이나 한 끼 사야겠다."

*   *   *

토미 존슨의 얼굴은 허옇게 질렸다.

외국인 동맹 세력과 기관이 무리를 하면서까지 매도 물량을 퍼부었으나, 끝내 주가지수를 끌어 박지 못했다.

아니 오히려 2%가 상승되어 있었으니 이대로 장이 끝난다면 엄청난 손실을 떠안을 판이다.

처음 계획은 매도로 주가지수를 곤두박질친 후 옵션의 포지션 변경을 시행할 예정이었다.

만기일을 이틀 정도 남겨 놓은 상태에서 50P만 끌어올려 포지션 변경으로 또 한 번 대박을 터뜨린다는 작전이었다.

하지만 처음부터 계획은 헝클어졌기 때문에 포지션 변경은 꿈도 꾸지 못했다.

공포를 심어 주어 콜 쪽의 물량을 흡수하려던 작전은 '제우스의 방해로 인해 박살이 난 상태였다.

"이 개새끼들… 장 끝나려면 얼마나 남았어?"

"10분 남았습니다."

"우리 쪽은?"

"난리가 아닙니다. 전부 멘붕 상태입니다."

"어쩔 수 없다. 마지막까지 최선을 다하는 수밖에. 우리한 테 남은 마지막 총알을 시간 외 거래에 전부 때려 넣는 것으로 협의했지?"

"예, 보스."

"얼마까지 가능해?"

"전부 합해 3조입니다."

레이의 대답에 피터 존슨이 조용히 고개를 끄덕였다.

만족스럽지도, 안심이 되지도 않는다.

그동안 '제우스'가 보여 준 전투력을 감안한다면 시간외 베팅에서 얼마나 끌어내릴 수 있을지 의문이 갔다.

결국 장이 마감되는 순간 레이의 손이 부지런히 움직였다.

동 시간에 남아 있는 모든 돈을 하락에 베팅했는데, 다른 동맹들도 미친 듯 하락에 베팅하고 있을 것이다.

초조한 기다림.

입술이 바짝바짝 타들어 갔다.

이젠 선물 옵션이 문제가 아니고 이대로라면 현물도 문제가 생긴다.

워낙 무리하게 하락 베팅 했기 때문에 '제우스'가 장난질을 쳐서 계속 주가를 끌어 올린다면 모건 스탠리를 비롯해서 동맹을 맺은 놈들은 전부 골로 갈 수밖에 없었다.

기어코 결과가 나타난 순간 피터 존슨이 바닥에 철퍼덕 주저 않았다.

원하는 만큼은 아니라도 손실을 최소화할 수 있을 정도로 주가가 내려가길 바랐지만, 결과는 오히려 10P나 상승한 것으로 찍혔던 것이다.

*   *   *

"와아!"

초조하게 지켜보던 '제우스'의 투자팀은 상황이 모두 끝나자 자리에서 벌떡 일어나 만세를 불렀다.

그들 모두는 주식투자 경력이 최소 10년 이상 된 베테랑들이었다.

지독하게 당해 왔던 한국 시장.

외국인들의 비열한 전략에 휘둘려 한국 시장은 그동안 그들의 ATM기 역할을 해 왔다.

분했음에도 어쩔 수 없어 순응하며 살았다.

그들의 눈치를 보며 콩고물을 주워 먹고 살았던 과거를 트레이더들은 전부 가지고 있었다.

"사장님, 완전히 죽여 버렸습니다. 우리가 얻은 수익은 1조가 조금 넘습니다."

"아직 끝난 게 아니에요."

"그렇죠. 아직 끝난 게 아니죠."

"그자들은 대부분의 물량을 롤 오버 시켰어요. 그건 다음에 다시 승부를 보겠단 뜻입니다."

"당연히 그럴 겁니다. 손실액이 선물 옵션에서만 5조 가까이 터졌어요. 그런 상태에서 절대 물러날 놈들이 아니죠."

"따라서, 우린 끝까지 외국인들을 응징해야 돼요. 다음 만기일까지 주가를 상승시켜야 그들의 손실을 확정시킬 수 있어요."

"사장님, 그러기 위해서는 상당한 총알이 필요합니다. 우리는 주가를 방어하기 위해 무려 10조란 금액을 썼어요. 이제 남은 건 10조에 불과한데 이걸로 막을 수 있을까요?"

"팀장님은 아직도 우리 '제우스'의 힘을 믿지 못하시는 건가요?"

"그럴 리가요."

"걱정 마세요. 우린 그자들을 완벽히 제압할 수 있어요. 정안 되면 미국과 중국에 투자된 자금까지 끌어올 생각이에요.

그래서 다시는 그런 짓을 하지 못하도록 만들 거예요."

"휴우… 그자들 완전히 똥줄 타겠네요."

"자, 고생하셨고. 오늘은 좀 즐기세요. 카드 가지고 계시죠?"

"그럼요."

"직원들 데리고 나가서 실컷 드세요. 얼마가 되든 다 처리해 드릴게요."

"감사합니다."

성봉제가 활짝 웃는 얼굴로 고개를 숙였다.

주말까지 반납한 채 직원들은 외국인과 기관들의 동태를 분석하고 작전을 짜느라 고생했는데, 정설아가 치하를 해 주자 기운이 불쑥 솟아올랐다.

제우스를 총괄하는 정설아의 각오.

'제우스'의 막강한 자금력은 단일 세력으로는 세계 그 누구한테도 쉽게 밀리지 않는다.

그런 상황이었으니 앞으로 한국 시장은 커다란 변화가 일어날 수밖에 없을 것이다.

*　　　*　　　*

대한민국 증권사 사장단 회의가 열리는 날.

대일증권의 사장 김윤환은 힐튼 호텔로 들어서다가 유한증권 사장 정국영이 홀에 서 있는 걸 보며 천천히 다가갔다.

그의 표정은 어두웠는데, 이번에 크게 당한 게 분명했다.

"일찍 오셨습니다."

"아, 김 사장님. 어서 오세요. 반갑습니다."

"이거 회의 때만 뵙게 되는군요. 우리가 이렇게 격조해선 안 되는데 말입니다."

"바빠서 그렇죠."

김윤환의 말에 정국영이 쓴웃음을 지었다.

바쁘다는 핑계는 사실이 아니란 걸 그도 알고 김윤환도 안다.

적과 아군이 되어 수시로 부딪치는 사이지만, 그와 사적으로 만날 만큼 돈독한 사이도 아니고 만날 이유도 없었다.

"표정이 좋지 않으시군요. 손실액이 컸습니까?"

"제법… 그쪽도 그렇죠?"

"우리도 톡톡히 당했어요. 그거참……."

"제우스가 왜 그랬을까요. 정말 이해가 되지 않습니다."

"일단 들어가시죠. 오늘 제우스의 정설아 사장이 온다니까 무슨 얘기가 나오지 않을까요?"

두 사람이 어깨를 나란히 하고 컨퍼런스 홀로 향했다.

증권사 사장단 모임에 '제우스'의 정설아는 한 번도 참석하

지 않았는데, 이번에 특별히 참석한다는 소식이 들어왔기에
전부 바짝 긴장한 상태였다.

일주일 전 벌어진 6월 전쟁.

참혹한 패배로 끝난 그 전쟁에서 상당수의 증권사들이 처
참한 패배를 맛봤기 때문이었다.

사장단 회장을 맡고 있는 대한증권 정철호 사장의 개회사
에 이어 금융시장에 대한 정례적인 브리핑과 몇 가지 토의 주
제가 진행되었다.

늘 해 오던 일이었고 특별한 주제도 없었기 때문에 참석한
사장들의 표정은 오직 정설아의 행동에 집중되어 있었다.

정설아는 회장인 정철호의 옆에 조용히 앉아 있었는데, 무
슨 생각을 하고 있는지 알 수 없을 정도로 얼굴에 아무런 표
정이 없었다.

이윽고 모든 회의 내용이 끝난 후 정철호 사장이 다시 자리
에서 일어났다.

"그럼 오늘 회의는 이걸로 마치겠습니다. 이미 연락드린 대
로 오늘은 '제우스'의 정설아 사장께서 참석하셨습니다. 정 사
장님은 증권사 사장단에게 특별히 하실 말씀이 있다고 하십
니다. 정 사장님의 말씀을 들어 보시죠."

정철호가 소개를 끝내고 앉자 교환하듯 정설아가 자리에서
일어났다.

그녀는 여전히 무표정으로 사장단을 바라봤는데, 그 시선을 받은 사장들의 표정이 일그러졌다.

왠지 모르는 압박감.

어쩌면 당연한 일이다.

금융 투자시장에서 전설이 되어 버린 '제우스'의 힘은 이번 전쟁에서 확인한 것처럼 거대했기에 정설아를 바라보는 사장단의 눈은 차츰 긴장으로 젖어 갔다.

"먼저, 불쑥 회의에 참석해서 죄송합니다. 하지만 오늘 여러분께 중요한 사실을 전해 드려야 했기 때문에 회장님께 특별히 부탁드릴 수밖에 없었습니다."

정설아가 잠시 말을 끊었다.

그런 후 천천히 다시 입을 열며 사장단을 날카롭게 바라봤다.

"이번 선물 옵션 만기 때 커다란 일이 생겼다는 걸 모두 알고 계실 겁니다. 증권가에서는 이번 일을 가지고 6월 전쟁이라 부른다더군요. 그렇습니다. 저희 '제우스'는 이번에 전쟁을 일으켰습니다. 그동안 지속되어 온 한국 금융시장의 병폐를 완전히 뜯어고치기 위해서 말입니다."

"우린 무슨 말인지 이해하지 못하겠습니다. 한국 금융시장의 병폐라니요. 그 말은 우리가 그런 병폐를 일으킨 주역이란 말입니까?

정설아의 말이 끝나자마자 사장단이 웅성거렸고 대표로 김윤환이 소리를 질러 불쾌함을 나타냈다.

'제우스'가 막강한 자본력을 가졌다는 건 안다.

하지만 이곳에는 한국 시장을 주무르는 5대 증권사 사장들이 전부 모인 자리였고, 그들이 지닌 자본력을 전부 합치면 '제우스'를 충분히 상대할 힘이 있다.

비록 이번에 처참한 패배를 당했지만 이런 소리까지 들을 만큼 하찮은 대우를 받는다는 건 용납할 수 없었다.

"당연히 그렇습니다. 우리나라 증권사들은 그동안 외국인들의 비열한 행태를 눈감아줬고 이번처럼 그들과 함께하기도 했습니다. 증권사의 이익을 위해 수시로 공매도를 치며 개인 투자가들의 주머니를 털었습니다. 이것이 병폐가 아니라면 어떤 게 병폐란 말인가요?"

"이봐요, 정 사장. 그건 금융시장에서 당연히 벌어지는 일입니다. 우린 금융제도 안에서 행동했을 뿐이오. 정 사장님도 오랫동안 시장에서 살아왔으니 잘 알 거 아닙니까?"

"그런 생각이 문제란 거죠. 여러분도 보세요. 지금 우리시장은 개인 투자가들이 급속도로 시장을 떠나고 있습니다. 왜 그런 것 같나요. 주식시장이 투자가 아니라 투기판이 되었기 때문입니다. 그 책임이 누구한테 있다고 생각하시나요. 그건 바로 개인들의 돈을 훔치다시피 한 외국인 투자가들과 그들의 편에 편승해서 이익을 취해 온 증권사의 책임이 아닌가요?"

"그런 말도 안 되는… 정 사장은 뭔가 착각을 하고 있습니다. 자본시장은 누군가 돈을 벌면 누군가 돈을 잃게 되어 있습니다. 전부 승리자가 될 수 없단 말입니다."

"하아… 참, 답답하군요. 미국을 비롯해서 세계시장을 보세요. 왜, 외국 주식시장은 끝없이 성장하며 주가가 오르는데, 우리나라 시장만 횡보를 거듭하고 있나요. 이게 모두 외국 투자자들과 그들의 장난질을 방조한 여러분 책임 아닙니까!"

"음……."

정설아가 소리를 높이자 사장들의 입에서 무거운 신음 소리가 흘러나왔다.

맞는 말이기 때문이다.

지금까지 한국 시장은 세계에서 두 번째로 큰 선물 옵션 시장으로 인해 올라가면 두들겨 맞는 현상을 계속해서 보였다.

그리고 그 이면에는 증권사의 방조가 있었던 것도 사실이다.

"저는 '제우스'의 총괄 사장으로서 여러분께 통보를 하기 위해 이 자리에 왔습니다. 앞으로 우리 제우스는 증권사의 이익을 위해 공매도 때리는 짓을 철저히 막을 생각입니다."

"당신들이 무슨 권한으로 그런 짓을 한단 말이오!"

"한국 금융시장의 정의를 위해서. 더 필요한 이유가 있나요?"

"그건 불법이오. 선을 넘는 짓은 하지 마시요. 그럴 경우 우리도 가만있지 않겠소."

"선은 당신들이 넘었잖아!"

그녀보다 나이가 적은 정인증권의 사장 이승철이 자리에서 벌떡 일어나며 소리를 지르자 정설아의 입에서 날카로운 고함 소리가 터져 나왔다.

이승철을 바라보는 그녀의 시선에는 시퍼런 불꽃이 담겨 있었는데, 수틀리면 앞에 있는 화병을 던질 기세였다.

"내 말 명심하세요. 함부로 공매도 때린다면 절대 우린 가만두지 않겠습니다. 그리고 이번 손실을 막기 위해 롤 오버 한 것 때문에 주가를 내릴 생각도 하지 마세요. 앞으로 우리 '제우스'는 다음 선물 옵션 만기일까지 주가를 3% 이상 올릴 겁니다. 그러니, 손실 처리 빨리하시는 게 신상에 이로울 겁니다."

"어이가 없네, 어이가 없어."

끊어 버리는 정설아의 통첩에 증권사 사장들이 손가락으로 책상을 내리쳤으나 기세는 이미 죽어 있는 상태였다.

거기에 정설아가 쐐기를 박아 넣었다.

"사장님들, 제가 이곳에 온 이유는 대한민국의 증권사들을 살려 주기 위함입니다. 이번 전쟁으로 가장 큰 타격을 받은 건 외국인들이에요. 증권사들의 피해도 크지만, 거기에 비하면 훨씬 작은 수준이죠. 내 말 무슨 뜻인지 아시겠어요?"

증권사 사장들의 표정이 급격히 변했다.

정확한 분석.

증권사의 피해는 외국인들에 비한다면 삼분의 일도 되지 않는다.

그럼에도 의문이 남았다.

외국인들은 절대로 그냥 물러서지 않을 것이기 때문이다.

만약 외국인들이 전열을 가다듬고 손실을 만회하기 위해 한국 주식시장을 박살내기 시작한다면 손실을 확정시키는 건 바보짓이나 다름없었다.

"정 사장님, 무슨 말인지 알겠습니다. 하지만 진짜 자신 있는 겁니까? 우리에게 그만한 자신감을 보일 때는 능력이 있어야 됩니다. 내가 알기로 '제우스'는 그런 자금력이 없을 텐데요?"

"있습니다. '제우스'는 이제 매년 50조 이상을 한국 시장에 투자할 생각입니다. 이 정도면 충분하지 않나요?"

"헉, 50조!"

미친 거냐?

사장단의 표정이 전부 그랬다.

어떤 집단이 50조란 금액을 신규로 매년 주식 매입에 쓸 수 있단 말인가.

하지만 그게 사실이라면 대한민국 주식시장은 끝없이 상승할 수밖에 없다.

"그리고 또 한 가지. 저는 '이지스' 그룹의 윤명호 회장과 협의해서 '이지스' 그룹의 주력 기업들을 상장하는 것으로 협의했습니다. 바로, 대한민국 주식시장을 세계의 신흥 강자로 만들기 위해서죠."

"어이구!"

정설아의 폭탄선언에 증권사 사장들의 입에서 비명 소리가 터져 나왔다.

'이지스'의 주력 기업이라면 '포세이돈'과 '아폴론', '아테네'를 말한다.

그중 하나만 상장이 된다 하더라도 한국의 주식시장은 폭발될 게 분명했다.

그들이 지닌 파괴력이 무시무시했기 때문이었다.

그들 기업 각각은 국내 최고 기업인 삼전보다 아직까지 매출액은 적지만, 영업이익은 2배나 될 정도로 막강한 기업들이었다.

그뿐인가.

현재도 그들의 매출액은 폭발적으로 증가되고 있었으니, 만약 상장이 된다면 삼전의 시총을 단박에 뛰어넘을 것이다.

"언제, 언제란 말입니까?"

"빠르면 내면 초에 시행될 예정입니다. 주식 상장률은 40% 이며 투명한 기업 공개를 통해 향후의 성장률까지 감안하여 가격이 정해질 거예요."

"40%!"

현재 삼전의 시총이 120조에 달한다.

하지만 '이지스' 그룹의 주력 기업들은 현재의 영업이익을 감안했을 때 최소 200조는 잡아야 한다.

그렇다면 40%만 하더라도 80조였고, 3개 기업을 합하면 240조에 달한다.

그렇게 거대한 자본을 어디서 조달하냐고?

걱정도 팔자다.

만약 '이지스' 그룹의 기업들이 상장한다면 세계의 모든 금융 투자 세력들이 달려들 텐데 무슨 걱정을 한단 말인가.

'이지스' 그룹의 기업들은 세상 모든 투자가들이 군침을 흘릴 만큼 독보적인 경쟁력을 갖춘 기업들이기 때문이었다.

"그중, 20%는 무조건 국내 증권사와 개인 투자가들에게 줄 생각입니다. 그러니, 여러분. 다른 짓으로 돈 벌 궁리하지 마시고 총알이나 준비해 두세요."

하아.

이젠 반박할 여지도 없다.

외국인들의 자금력을 믿고 그들 편에 섰다가 '제우스'가 장담한 대로 외국인들이 패한다면 국내 증권사들은 '이지스' 그룹이 상장될 때 총알을 마련하기 어려워질 수도 있었다.

그랬기에 사장들의 머리는 번쩍거리며 돌아가기 시작했다.

향후의 결정에 따라 증권사의 운명이 바뀌는 결정을 해야 한다.

만약 잘못된 선택을 하게 될 경우, 그들이 맡고 있는 증권사들은 문을 닫아야 할지도 모른다.

『전설의 투자가』 6권에 계속…